Anke Hillebrenner

Das Geheimnis von Schloss Morillion

Ein Abenteuerkrimi mit den Rothstein-Kids

Anke Hillebrenner

Das Geheimnis von Schloss Morillion

Ein Abenteuerkrimi mit den Rothstein-Kids

Anke Hillebrenner
Das Geheimnis von Schloss Morillion
Ein Abenteuerkrimi mit den Rothstein-Kids

4. Auflage 2022
Best.-Nr. 273943
ISBN 978-3-89436-943-9

www.cv-dillenburg.de
Illustrationen: Susanne Malessa
Umschlaggestaltung: www.provinzglueck.com
Satz: CV Dillenburg
Druck: GGP Media GmbH, Pößneck

Printed in Germany

Inhalt

Luca Rothstein
der Älteste der Rothstein-Kids, ist der Denker der drei Geschwister. Er hat eine perfekte Kombinationsgabe, drückt sich immer sehr gewählt aus, ist jedoch die Unsportlichkeit in Person.

Lina Rothstein
vom Alter her eingeklemmt zwischen ihren Geschwistern, steht auch sonst oft dazwischen: Mit ihrer lieben, zuvorkommenden und hilfsbereiten Art glättet sie so manchen Konflikt zwischen den beiden ungleichen Brüdern.

Michi Rothstein
hat es nicht immer leicht, sich gegen seine beiden älteren Geschwister durchzusetzen, die ihm im logischen Denken immer eine Nasenlänge voraus sind. Das bügelt er aber stets dann aus, wenn Sportlichkeit und technisches Geschick gefragt sind.

Johannes Rothstein
ist Lucas, Linas und Michis Vater. Er ist Geschichtsprofessor und verschwindet für seine Forschungsarbeiten häufig in Bibliotheken hinter alten Büchern. Insgeheim hat er jedoch mindestens genau so viel Freude am Forscherdrang seiner Kinder wie an historischen Dokumenten.

Greta Rothstein
ist die Mutter der drei Rothstein-Kinder und so etwas wie die Seele der Familie. Sie ist eine freundliche, zurückhaltende Frau mit Köpfchen und Herz. Mit viel Geduld begleitet sie ihren Mann auf seinen Forschungsreisen und sorgt dafür, dass bei ihren Kindern erst gar keine Langeweile aufkommt.

Melanchthon
ist das vierbeinige Mitglied der Rothstein-Familie. Der Mischlingshund mit den etwas zu groß geratenen Schlappohren ist ungewöhnlich klug, gehorcht aufs Wort und steht den Rothstein-Kindern in manch brenzliger Situation treu zur Seite.

Kapitel 1

Endlich Sommerferien!

Luca blinzelte mehrmals. Das Sonnenlicht schien bereits hell durch die Ritzen der Fensterläden. Verschlafen tastete er nach seiner Brille und seinem Wecker. Schon halb acht! Mit einem Satz sprang er aus dem Bett. Sein jüngerer Bruder Michi, mit dem er ein Zimmer teilte, lag noch regungslos in seine Bettdecke gerollt und brummte widerwillig, als Luca das Fenster samt Fensterläden aufriss. „Hey, Bruderherz, mach, dass du aus den Federn kommst! Heute geht's los!" Statt einer Antwort ertönte erneut ein brummiges Gemurmel aus Michis Richtung, der sich nun auch leicht bewegte. „Michi Rothstein, du liebenswertes Geschöpf aus der Gattung der Murmeltiere", flötete Luca betont heiter. Er liebte es, seinen Bruder am frühen Morgen zu reizen. „Würdest du die Güte besitzen, mich mit deinen kleinen, verschlafenen Äuglein eines winzigen Blickes zu würdigen?" Nun war es so weit. Explosionsartig schoss Michi aus seinem Bett und stürzte sich auf seinen großen Bruder.

In diesem Moment öffnete sich die Tür. Ein freundliches Gesicht sowie ein Schopf mit langem, wuscheligem Haar schaute herein. „Hey, ihr beiden, ihr wollt euch doch nicht schon früh am Morgen streiten, noch dazu an unserem ersten Ferientag!“ Lina, die Schwester der beiden, marschierte nun entschieden auf ihre Brüder zu und schaute sie mit gespielter Strenge an. „Ich habe mit Mama schon das Frühstück gemacht. Aber ich warne euch: Mitessen dürfen nur freundliche Menschen!“ Sie zwinkerte den beiden Streithähnen zu, machte auf dem Absatz kehrt und konnte noch so rechtzeitig in den Flur verschwinden, dass der alte Socken, den Michi ihr hinterherwarf, sein Ziel verfehlte.

Kurz darauf saßen Luca, Lina und Michi Rothstein zusammen mit ihren Eltern um den Frühstückstisch. Es herrschte eine ausgelassene Stimmung, denn jeder von ihnen freute sich auf den bevorstehenden Urlaub. Die gesamten Sommerferien würden sie auf einem alten Schloss in Frankreich verbringen. Es war wie im Traum! Aufgeregt redeten sie durcheinander. „Schlösser haben alle etwas Geheimnisvolles an sich“, meinte Michi, während er sein Ei auf die Tischkante schlug, aber dann den Löffel zur Hilfe nahm, als er in das verwunderte Gesicht seiner Mutter sah. „Ich wette, wir werden keine Langeweile haben, sondern auf die Suche nach irgendwelchen Schatzkisten mit Perlenketten und Brillanten gehen, die irgendein ...“

„... Ritter aus Verzweiflung im unterirdischen Fluchtweg aus dem Schlossverlies versteckt hat“, führte Luca den Satz zu Ende. „Dort erwischt uns der Schlossherr und kerkert uns für den Rest unserer Schulzeit ein.“

„Und unseren Schulabschluss machen wir dann im Fernstudium, und der alte Graf ist unser Hauslehrer, ob wir wollen oder nicht“, ergänzte Lina, und alle mussten lachen.

Ihr Vater, Johannes Rothstein, war Professor für Geschichte und schrieb gerade an einer Forschungsarbeit über die Zeit der Reformation in Deutschland. Zu diesem Zweck wollte er einige Wochen in dem kleinen Ort St. Tremière im Elsass verbringen, um dort auf die Suche nach wichtigem Forschungsmaterial zu gehen. In St. Tremière gab es eine in ganz Europa bekannte Bibliothek, die besonders berühmt war für ihre Sammlung an Dokumenten aus der Zeit der Reformation. Und weil Johannes und Greta Rothstein Altes und Außergewöhnliches liebten, hatten sie eine Ferienwohnung in einem alten Schloss gemietet. So würden ihre drei Kinder, die eine Menge Fantasie hatten und ihrer Meinung nach viel zu gerne Abenteuerluft schnupperten, auch nicht zu sehr unter Langeweile leiden. Anderenfalls könnten sechs lange Wochen auch zur Qual werden.

Während sich die Kinder in noch mehr Einzelheiten ausmalten, welchen geheimnisvollen Gestalten und Schlossbewohnern sie demnächst begegnen würden, brütete Johannes Rothstein über einer Straßenkarte, die er über dem Tisch ausgebreitet hatte. „Meinst du nicht, wir sollten das Navigationsgerät mitnehmen, Schatz?“ Greta Rothstein sah zu ihrem Mann hinüber und rettete mit einer schnellen Handbewegung den südlichsten Zipfel der Frankreichkarte knapp vor dem Eintauchen in das Honigglas.

„Das hatte ich vor, aber ich verschaffe mir gerne auch einen Gesamtüberblick über die Route, die wir fahren wollen. Vielleicht gibt es noch ein paar schöne geschichtliche Sehenswürdigkeiten auf dem Weg ins Elsass, die nur darauf warten, von Familie Rothstein besichtigt zu werden – zum Beispiel dieses reizende Kloster in der Nähe von Strasbourg.“ Er grinste seine Frau an und faltete die Karte zusammen.

„Dann ist es vielleicht besser, du hast eine Straßenkarte dabei“, entgegnete Greta augenzwinkernd, „damit du dann auch weißt, wie man zu Fuß von Strasbourg nach St. Tremière kommt. Aber wenn du uns jetzt bitte wenigstens noch unseren Wagen beladen würdest, wäre das sehr freundlich von dir.“

Mit gespielter Leidensmiene erhob sich der Vater vom Tisch. „Los, Jungs!“ Er machte eine auffordernde Kopfbewegung in Lucas und Michis Richtung. „Ich brauche ein paar starke Männer, die mir helfen.“ Da Michi und Luca es gar nicht mehr erwarten konnten, bis sie endlich losfuhren, ließen sie sich das nicht zweimal sagen. Flink und fleißig wie die Ameisen liefen sie treppauf und treppab und schleppten keuchend allerhand Gepäckstücke in den Kofferraum ihres Autos. „Papa, warum habt ihr uns verschwiegen, dass wir nach Frankreich auswandern?“, keuchte Michi im Vorbeigehen. „Wir räumen ja unser ganzes Haus leer!“ Angesichts des Kofferraums, der zehn Minuten später bis unter das Dach vollgestopft war, war Michis Feststellung nicht ganz unberechtigt.

Eine Stunde später saßen alle fertig und startklar im Auto, einschließlich ihres großen Mischlingshunds Melanchthon, der im Fußraum Platz genommen hatte und nervös von einem zum anderen schaute. Die Aufregung der Kinder hatte ihn angesteckt.

Melanchthon verdankte seinen ungewöhnlichen Namen dem besonderen Interesse Johannes Rothsteins an der Reformation in Deutschland. Als Melanchthon als Welpe zu den Rothsteins kam und Johannes Rothstein fand, dass sein Aussehen dem eines treuen Freundes glich, benannte er ihn kurzerhand nach dem damaligen Mitarbeiter und treuen Freund Martin Luthers, Philip Melanchthon, obwohl Melanchthon Luther zum Schluss gar nicht mehr so treu ergeben war.

„Armer Melanchthon." Lina zog ihn an sich heran und kraulte ihn hinter seinen etwas zu groß geratenen Schlappohren. „Wenn du wüsstest, dass du in den nächsten sechs Wochen nichts anderes mehr tun wirst, als böse Schlossherren und französisch sprechende Drachen zu jagen." Lina ahnte nicht, dass sie damit gar nicht so falschlag!

Erschrocken fuhr Michi zusammen, als sich der Ellbogen seines Bruders schmerzhaft in seine Rippen bohrte. Beim Blick aus dem Autofenster vergaß er jedoch glatt zurückzuboxen: Vor ihnen lag eine atemberaubende Landschaft mit wunderschönen grünen Hügeln, die aussahen, als hätte jemand mit einer riesengroßen Harke gleichmäßige Linien hineingezogen. Das mussten die Weinberge sein, von denen Mama ihnen so vorgeschwärmt hatte. Vor dem strahlend blauen Himmel wirkten sie besonders schön. Greta Rothstein saß am Steuer und schaute belustigt in den Rückspiegel: „Meine Damen und Herren, soeben haben wir St. Tremière im idyllischen Elsass erreicht. Wir empfehlen Ihnen, aufgrund zu erwartender Turbulenzen die Sicherheitsgurte anzulegen!"

„Wieso Turbulenzen?", brummte Michi und rappelte sich in seinem Sitz auf. „Das wirst du sicherlich gleich erfahren", kicherte seine Mutter und warf einen kurzen Blick auf ihren Mann, der friedlich auf dem Beifahrersitz schlief. St. Tremière war ein kleiner, beschaulicher Ort. Schmale, bunte Häuser säumten die engen und verwinkelten Straßen, welche zum großen Teil noch über das alte Kopfsteinpflaster verfügten und dementsprechend holprig waren. Das Auto hoppelte nun an einem schönen Platz vorbei, an dem mehrere uralte Sommerlinden standen.

Die Ampel, auf die sie sich zubewegten, sprang plötzlich auf Rot um, und Greta Rothstein brachte den Wagen etwas abrupt zum Stehen, was ihren Mann aus seinen offenbar friedlichen Träumen riss. „Wo sind wir?“, fragte er etwas verwirrt. „Da, wo du immer hinwolltest, mein Schatz“, lächelte seine Frau und schaute ihn etwas verstohlen und erwartungsvoll von der Seite an. „Aber, du wusstest doch ... ich habe dir doch gesagt, ich wollte … das alte Kloster in der Nähe von ... von Strasbourg“, stammelte er und schnappte nach Luft. Seine Frau legte ihm beruhigend die Hand auf die Schulter: „Johannes, deinen Kindern zuliebe, die es nicht erwarten können, sich endlich auf mittelalterliche Drachen und Schlossherren zu stürzen, war es wohl besser, dich schlafen zu lassen. Aber ich verspreche dir: Auf dem Rückweg, wenn alle genug von gefährlichen Abenteuern und feuerspeienden Drachen haben, darfst du in aller Ruhe dein Kloster besichtigen, während wir im Klosterhof Eis essen. Einverstanden?“ Johannes schlug in ihre ausgestreckte Hand ein und gab sich brummend geschlagen.

Kapitel 2
Schloss Morillion

Nach einigen Kilometern Fahrt auf einer schmalen, kurvenreichen Straße, die sich etwas oberhalb von St. Tremière durch Weinberge und kleine Wälder schlängelte, erblickten sie über den Baumwipfeln plötzlich zwei beeindruckende Türme. Als ihr Wagen durch ein verziertes Eisentor und eine Lindenallee entlang auf einen Platz gefahren war, tauchte es vor ihnen in voller Größe und Schönheit auf: „Ihr" Schloss, das Château Morillion. Die Kinder waren zunächst sprachlos, dann brachen sie in so begeisterten Jubel aus, dass Melanchthon erschrocken zu bellen begann. Michi riss die Tür auf und sprang als Erster in den Schlosshof. Luca grinste seine Schwester an. „Der muss natürlich wieder als Erster dem Schlossgespenst die Hand schütteln." Schnell folgten sie ihm und blieben ehrfürchtig vor der riesigen Eingangstreppe stehen, die zur prächtigen Schlosstür hinaufführte, Auge in Auge mit zwei steinernen Löwen, die rechts und links neben der untersten Stufe hockten und diese zu bewachen schienen.

In diesem Moment öffnete sich die Tür, und eine Frau trat heraus. Sie blickte den Neuankömmlingen freundlich lächelnd entgegen. „Das Schlossgespenst hatte ich mir aber anders vorgestellt“, zischte Lina in Lucas Richtung. „Bonjours, mes chers enfants, ah, meine lieben Kinder, seid mir herzlich gegrüßt!“ Sie ging den Kindern entgegen und schüttelte ihnen nacheinander mit echter Herzlichkeit die Hand. Dann blickte sie über die Köpfe der drei hinweg. „Ah, wie ich sehe, habt ihr eure Eltern auch mitgebracht. Das ist sehr erfreulich.“ Sie eilte auf Johannes und Greta Rothstein zu und begrüßte diese ebenso herzlich. „Willkommen auf Schloss Morillion! Darf ich mich vorstellen: Ich bin Catherine Villard, die Frau des Schlossverwalters. Aber bitte, kommen Sie doch alle erst einmal herein. Sie sind bestimmt erschöpft von der langen Reise und können eine kleine Erfrischung gebrauchen. Ihr Gepäck können Sie ja später holen, wenn es Ihnen recht ist. Mein Mann Hugo wird Ihnen auch sicher gerne beim Tragen behilflich sein.“ Ihr Blick fiel auf Melanchthon, der gerade die steinernen Löwen etwas kritisch beäugte. „Ach, und du darfst selbstverständlich auch mit hereinkommen. Wir haben sicherlich auch ein Plätzchen, wo du etwas verschnaufen kannst.“ Die Kinder atmeten erleichtert auf. Lina hatte schon befürchtet, dass Melanchthon unter freiem Himmel schlafen müsste. Bei Schlossbesitzern konnte man nie wissen. Es gab unter ihnen auch sicherlich ein paar überempfindliche Exemplare.

Nacheinander betraten sie die prunkvolle Eingangshalle. Ihr Blick schweifte staunend in die Runde, vorbei an prächtig gerahmten Ölgemälden, einer unglaublich großen chinesischen Vase und einer kunstvoll gestalteten

Treppe aus weißem Marmor, die von beiden Seiten der Halle nach oben führte und dort eine Galerie bildete. Die Wand der Galerie zierten ebenfalls mehrere Ölgemälde, Porträts von Männern, denen – so vermutete Luca – dieses Schloss einmal gehört hatte. Catherine Villard bemerkte Lucas Interesse an den Bildern. „Das sind unsere Vorfahren, die dieses Schloss vor uns bewohnt haben“, erklärte sie. „Das Porträt auf der äußerst rechten Seite zeigt den Grafen Henry de Belmont. Er ist mein Bruder, dem das Schloss jetzt gehört.“ Den letzten Satz fügte sie etwas leiser, aber hörbar stolz hinzu.

„Aber warum wohnen Sie dann hier im Schloss, und er hängt bloß an der Wand?“ Michi hatte die Angewohnheit, geradeheraus zu sagen, was er dachte. Madame Villard lächelte etwas traurig. „Mein Bruder hat vor einiger Zeit recht plötzlich Frankreich verlassen und lebt jetzt in Südamerika, wo unsere Familie eine Finca besitzt – so etwas Ähnliches wie einen Gutshof. Kurz bevor er dorthin auswanderte, bat er mich, nach seiner Abreise mit meinem Mann Hugo ins Schloss umzuziehen. Wir hatten bis dahin das Verwalterhaus auf dem Gelände zur Verfügung, das nun leer steht. Es war meinem Bruder jedoch ein Anliegen, dass das Schlossgebäude nicht unbewohnt ist. Zum einen wäre die Gefahr sonst größer, dass dort eingebrochen würde. Zum anderen, na ja, Sie wissen ja, wie das ist, ein unbewohntes Gebäude verkommt und verwahrlost auch viel schneller.“

„Aber es muss für Sie doch wunderschön sein, in einem so herrschaftlichen Gebäude zu leben“, meinte Lina verträumt.

„Ja, im Grunde hast du recht, mein Kind“, räumte Madame Villard zögernd ein. „Aber weißt du, ohne meinen Bruder fühle ich mich in diesem Schloss etwas verlassen.

Ohne ihn ist es nicht mehr Schloss Morillion." Ihr Blick wanderte noch einmal zum Bild des Grafen hinüber, aber dann wandte sie sich abrupt ab und sagte mit betont fester Stimme: „Ich würde vorschlagen, dass ich Ihnen jetzt Ihre Zimmer zeige. Sie wollen sich sicherlich ein wenig ausruhen. Ich sage meinem Mann gleich Bescheid, dass er das Gepäck ins Haus bringt. Und wie wäre es mit einer kleinen Erfrischung für die ganze Familie? Orangensaft? Mineralwasser?" Sie lächelte wieder ihr herzliches Lächeln wie vorhin beim Empfang auf der Eingangstreppe.

„Oh ja, danke!", riefen die Kinder wie aus einem Mund. „Ja, das ist wirklich sehr liebenswürdig von Ihnen, Madame Villard", ergänzte Greta Rothstein und erwiderte ihr Lächeln. Dann drehte sie sich nach Melanchthon um, der sich in eine Ecke der Halle verkrümelt hatte und sich auf dem Fliesenboden etwas abkühlte. „Ich habe zwei Zimmer im Ostflügel des Schlosses für Sie hergerichtet." Sie deutete mit der Hand in die Richtung, in die sie den Rothsteins dann vorausging. „Euch macht es doch sicherlich nichts aus, wenn ihr in einem Zimmer schlafen müsst, Kinder?" Die Kinder schüttelten den Kopf. Lina bewohnte zwar zu Hause ihr eigenes Zimmer, aber nun war sie doch froh, mit ihren Brüdern ein Zimmer teilen zu dürfen. Die Vorstellung, allein in einem großen, fremden Schloss schlafen zu müssen, machte ihr Angst.

Plötzlich blieb Madame Villard noch einmal stehen. „Eines habe ich noch vergessen, Ihnen zu sagen. Mein Bruder bat mich vor seiner Abreise, allen Fremden, die sich in diesem Schloss aufhalten, strengstens zu untersagen, den Turm hier im östlichen Teil des Schlosses zu betreten." Sie deutete auf eine schwere, mit verzierten Eisenbeschlägen versehene Tür in der Wand. „Alle anderen Bereiche des Schlosses stehen Ihnen zur Verfügung, selbstverständlich auch die Bibliothek", fügte sie hinzu und blickte zu Professor Rothstein hinüber.

Luca starrte auf die Eisentür und runzelte die Stirn. *Merkwürdig,* dachte er für sich, *ein solches Verbot passt so gar nicht zu der sonst so freundlichen Atmosphäre im Schloss und der herzlichen Art von Madame Villard.* Nachdenklich folgte er den anderen aufs Zimmer.

Die Geschwister Rothstein hatten es sich auf ihren Betten gemütlich gemacht und genossen den frisch gepressten Orangensaft, den Madame Villard ihnen auf einem Tablett ins Zimmer gestellt hatte. „Herrlich", seufzte Lina und schloss die Augen. „Es ist wie im Traum." Luca stand auf, ging zum Fenster und schaute etwas nachdenklich in den Schlosspark hinaus. Dann drehte er sich um. „Leute, irgendwie macht das alles einen merkwürdigen Eindruck auf mich." Lina und Michi schauten ihn verwundert an.

„Klar, unser Dichter und Denker sucht mal wieder das Haar in der Suppe", spottete Michi und schlürfte geräuschvoll den Rest seines Orangensafts. „Aber die freundliche Madame Villard, das schöne helle Schloss, das herrliche Gelände ... Ich finde es hier optimal", widersprach Lina. „Das meine ich auch gar nicht. Natürlich wirkt äußerlich alles beeindruckend. Es ist nur ...." Luca suchte nach Worten. „Habt ihr nicht bemerkt, wie bedrückt und traurig Madame Villard wirkte, als sie auf ihren Bruder zu sprechen kam?"

„Na und?" Lina zuckte die Schultern. „Es soll ja Schwestern geben, die sich mit ihren Brüdern gut verstehen." Michi versetzte ihr einen ordentlichen Rippenstoß. Aber Luca blieb ernst. „Denkt doch mal nach! Madame Villard ist doch auch in diesem Schloss groß geworden. Es ist ihre Heimat, und sie bewohnt und verwaltet es zusammen mit ihrem Mann. Es gibt für sie doch keinen Grund, traurig oder bedrückt zu sein. Sie hat scheinbar alles, was man sich wünschen kann. Und doch … trauert sie ihrem Bruder auffallend hinterher. Na ja, und dann noch dieses seltsame Verbot. Man könnte doch die Tür zum Turm einfach abschließen, dann würde sich auch kein Fremder dorthin verirren. Aber es so deutlich und fast drohend als Verbot auszusprechen ist doch seltsam, oder?“

„Irgendwie hast du recht“, meinte Lina langsam. „Und fast kommt es mir so vor, als sei das Verbot eher eine verdeckte Einladung.“ Luca fuhr zu ihr herum. „Du bringst es auf den Punkt, Schwesterherz!“, rief er. „Jetzt müsste man nur noch wissen, ob ...“ Er hielt inne, denn in diesem Moment waren schwere, schlurfende Schritte auf der Treppe zu hören. Kurz danach wurde die Tür ohne Anklopfen aufgestoßen, und ein großer, kräftiger Mann stand vor ihnen. Er trug alte Kleidung, war unrasiert und musterte die Kinder mürrisch mit ausgesprochen unfreundlichem Blick. Die Kinder starrten wortlos auf die fast finstere Erscheinung im Türrahmen. Luca fand als Erster seine Sprache wieder. „Oh ... Sie bringen uns unser Gepäck. Das ist sehr freundlich von Ihnen.“ Er erhob sich und streckte dem Mann die Hand zum Gruß entgegen.

„Dann müssen Sie Monsieur Villard sein. Guten Tag, ich heiße Luca Rothstein, und das hier sind meine ...“ Verunsichert verstummte Luca, als der Mann, bei dem es sich offensichtlich um den Verwalter Hugo Villard handelte, an ihm vorbeiging, ohne seinen Gruß zu erwidern. Er ließ die Koffer geräuschvoll in die Ecke des Zimmers fallen und brummte im Herausgehen: „Das nächste Mal könnt ihr eure Sachen selber schleppen.“ Krachend fiel die Tür hinter ihm ins Schloss, und die Kinder hörten schwere, wütende Schritte die Treppe hinunterdonnern. Mit großen

Augen blickten sie einander an. „Luca, wie recht du hattest!“, raunte Michi im Flüsterton. „Kein Wunder, dass Madame Villard ihrem Bruder nachtrauert. Es ist keine Kunst, freundlicher zu sein als dieser grobe Typ. Mit dem möchte ich auch nicht allein in einem Schloss wohnen, egal, wie groß es ist.“ Luca nickte. „Leute, ich bin fest entschlossen, heute Abend, wenn es richtig dunkel geworden ist, das Turmzimmer unter die Lupe zu nehmen. Ich bin mir sicher, dass es dort etwas Interessantes aufzuspüren gibt. Aber jetzt schlage ich erst einmal vor, dass wir uns Melanchthon schnappen und einen kleinen Erkundungsgang über das Schlossgelände machen.“

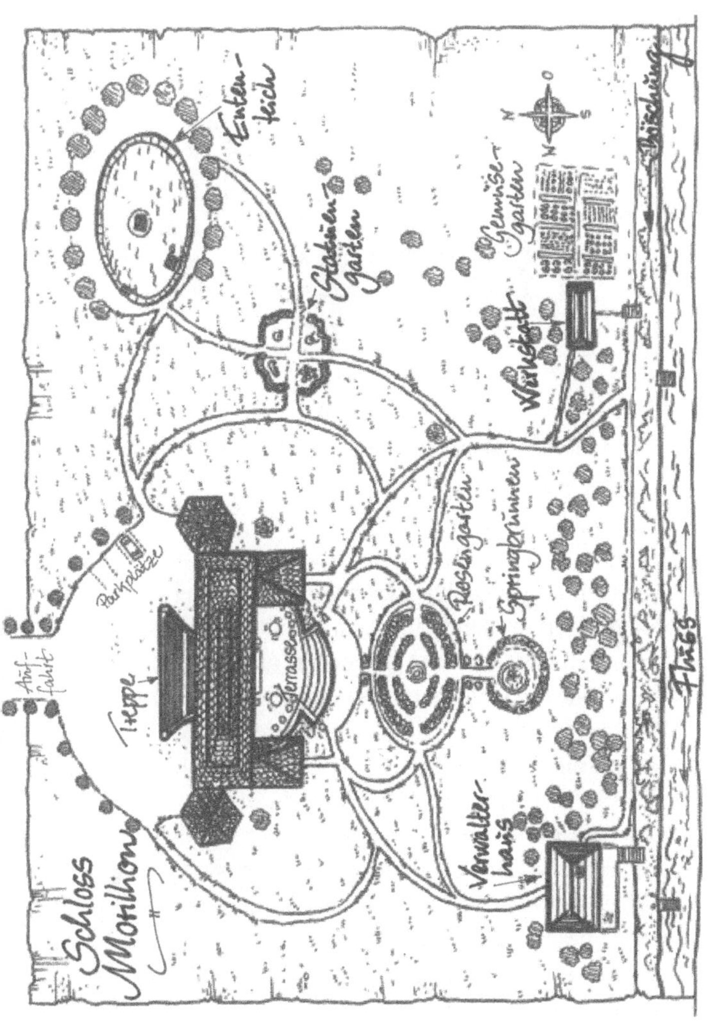

Lageplan Schloss Morillion

Kapitel 3
Überraschung im Schlosspark

Melanchthon wedelte dankbar mit dem Schwanz, als er den Kindern in den Schlosspark folgte, und beschnupperte fleißig alle Büsche und Sträucher, an denen er vorbeilief. Die Kinder schauten sich bewundernd um. Vorhin bei ihrer Ankunft hatte die kunstvoll gestaltete Fassade des Schlosses mit ihren vorspringenden Balkonen, den kleinen Erkern und vielen Türmchen ihre Aufmerksamkeit auf sich gezogen. Doch umso mehr staunten sie jetzt über die Parkanlage, die sich in voller Schönheit vor ihnen ausbreitete: Schmale weiße Kieswege schlängelten sich durch die Rasenflächen und Blumenbeete. Bäume von beeindruckendem Ausmaß standen vereinzelt auf dem Rasen und spendeten herrlichen Schatten. Der Park war so groß, dass man sich ohne Weiteres in ihm hätte verlaufen können. Das Schlossgebäude selbst bildete den Mittelpunkt.

Im Nordosten lag ein Teich, umsäumt von hohen Tannen und gewaltigen Trauerweiden, die die dünnen Enden ihrer herunterhängenden Äste wie Finger ins Wasser eintauchten. Ein schmaler Steg ragte ungefähr zehn Meter in Richtung Teichmitte und schien auf ein Entenhaus hinzudeuten, das in einiger Entfernung auf der Wasseroberfläche schwamm. Nicht weit vom Teichgelände befand sich ein kleiner, von niedrigen Buchsbaumhecken umgebener Garten, in dem mehrere weiße Statuen standen. Luca fand, sie sahen aus wie die Bilder in seinem Lateinbuch, und er schloss daraus, dass es sich dabei um Figuren aus der römischen oder griechischen Sagenwelt handeln musste. Eine Skulptur zeigte drei Männer: einen älteren, bärtigen und zwei jüngere, die verzweifelt gegen ein paar Riesenschlangen kämpften. Gegenüber stand auf einem Sockel ein älterer, ebenfalls bärtiger Mann, dem offenbar Flügel gewachsen waren. Wiederum an einer anderen Stelle saß ein großer Mann mit langem Bart, der in der rechten Hand eine kleine Frauenfigur mit Flügeln hielt und in der linken Hand einen riesigen Stab. Neben dem Mann hockte ein Steinadler, der von unten zu ihm aufschaute.

„Schaut mal, wenn Melanchthon nicht da hinten gerade ein Kaninchen jagen würde, könnte man glatt denken, der Graf hätte ihn hier zu Stein erstarren lassen!“ Michi deutete belustigt auf eine Statue, die ein Hundewesen zeigte, das mit zwei kleinen dicken Babys zu spielen schien. „Schon seltsam, was manche Leute so für Hobbys haben.“ Die Kinder folgten Melanchthon, der nun schwanzwedelnd vor einem Kaninchenbau saß, in den sich sein lebendiges Spielzeug noch knapp hatte retten können. Sie schlenderten den Kiesweg entlang und bewegten sich auf ein altes, verlassen aussehendes Gebäude zu. Bestimmt war es früher einmal ein richtig herrschaftliches Bauwerk gewesen, doch jetzt sah man ihm an, dass es unbewohnt war. „Das da drüben könnte das ehemalige Verwalterhaus sein, in dem Madame und Monsieur Villard gewohnt haben, bevor der Graf nach Südamerika ausgewandert ist und sie ins Schloss gezogen sind."

„Damit liegst du wahrscheinlich richtig", meinte Luca und zeigte auf die Fassade des Hauses, die schon regelrecht mit Efeu, wildem Wein und Kletterrosen zugewuchert war. „Wenn man zu bequem ist, Unkraut zu rupfen, habe ich ja noch Verständnis. Aber hier lässt jemand die Hauswand so zuwachsen, dass man den Eindruck hat, es geschieht nicht aus Vernachlässigung, sondern mit Absicht."

Michi war inzwischen in das Beet, das eigentlich eher ein Gestrüpp war, geklettert und untersuchte die Hauswand. „Der Efeu und der wilde Wein zerstören bereits das Mauerwerk", meldete er seinen Geschwistern und entfernte ein paar Brombeertriebe, die sich mit ihren Dornen in seinen Haaren verfangen hatten. „Merkwürdig ist nur, dass man das Gestrüpp sogar vor die Fenster wachsen lässt." Er stieg vorsichtig durch ein Meer von Lupinen und allerlei anderen Pflanzen, die aussahen wie ein buntes Durcheinander von Unkraut, wieder in Richtung Kiesweg. „Oh, Michi, du hast dir deine Beine mit diesen fiesen Dornen aufgerissen!", rief Lina und zeigte auf Michis Waden. „Ich laufe schnell ins Schloss und bitte Mama, mir ein Pflaster für dich zu geben."

Michi hielt sie am Arm fest. „Nicht nötig, Schwesterherz. Vergiss nicht: Ich bin groß und tapfer!" Luca warf noch einmal einen forschenden Blick auf das Verwalterhaus. „Leute, ich glaube, wir sollten dieses Gebäude im Auge behalten. Es kommt mir sehr sonderbar vor, dass man ein Haus so verwahrlosen lässt, das zu einem prächtigen Schloss gehört und in einem gepflegten Park steht. Wenn heute Abend nicht die Erkundung des Turmzimmers auf unserem Programm stünde, würde ich gerne eine ganz unauffällige Nachtwanderung durch den Park unternehmen."

„Lasst uns das für morgen Abend einplanen, denn es sollte schon richtig dunkel sein, damit wir nicht gesehen werden", schlug Michi vor. „Man weiß ja nie. Diesem unfreundlichen Monsieur Villard möchte ich nicht im Dunkeln begegnen!"

„Wo ist eigentlich Melanchthon?", fragte Lina und schaute sich um. „Ich habe ihn schon längere Zeit nicht mehr gesehen." Sie rief nach Melanchthon. Als sich nichts rührte, ging sie zögernd um das Verwalterhaus herum.

„Michi, Luca, kommt mal her!" Die beiden Jungen kämpften sich durch das Gestrüpp bis auf die Rückseite des Gebäudes. Triumphierend deutete Lina auf eine alte eisenbeschlagene Tür. „Und? Fällt euch etwas auf?"

„Müsste mal gestrichen werden", brummte Michi und rieb sich seine aufgekratzten Waden. „Mensch, gut beobachtet, Lina!", rief Luca begeistert und klopfte seiner Schwester anerkennend auf die Schulter. „Das gesamte Haus ist auffallend zugewuchert und mit dichtem Gestrüpp umgeben. Aber die Rückseite, die vom Park aus nicht ohne Weiteres sichtbar ist, wurde offenbar ganz freigeschnitten."

„Mann, was euch nicht alles auffällt", wunderte sich Michi. „Aber es stimmt! Schaut mal, hier vor der Tür ist das Gras auch heruntergetrampelt! Und wenn man diesem Trampelpfad folgt, gelangt man …" Schon ging Michi den Pfad entlang, bis er nicht mehr zu sehen war. „„… gelangt man – seht euch das an!" Luca und Lina stolperten durch hohes, schilfähnliches Gras, durch das jemand mit einer Sense einen schmalen Gang geschlagen hatte, und zwar so geschickt und schlangenlinienförmig, dass man ihn beim ersten Hinsehen nicht entdecken konnte. Nun sahen sie Michi und blieben abrupt stehen. Vor ihnen fiel eine Böschung steil ab, und sie blickten vorsichtig über deren Rand auf einen kleinen Fluss, der sich in zehn Metern Tiefe direkt unterhalb des Schlossgeländes entlangschlängelte. Auf der gegenüberliegenden Seite des Flusses befand sich eine noch steilere Böschung, die dicht bewaldet war, soweit das Auge reichte. Luca pfiff leise durch die Zähne und zeigte auf Stufen, auf denen man offenbar bis zu einem kleinen Steg gelangen konnte, der zwei Meter ins Wasser hineinragte. „Äußerst ideal", überlegte er halblaut, „ideal, um das Schlossgelände über eine heimliche Wasserstraße zu verlassen oder zu betreten, ohne dass es irgendeine Menschenseele bemerkt. Fragt sich nur, wer hier ein und aus geht und zu welchem Zweck."

„Ich seh mal eben nach, wohin der Fluss führt", rief Michi begeistert und witterte eine Gelegenheit, seine Kletterkünste unter Beweis zu stellen. Als er sich umdrehte, packte Luca ihn am Arm. „Michi, du bringst dich um, wenn du versuchst, da hinunterzusteigen!"

„Ich schaffe das schon", entgegnete Michi ärgerlich, „immerhin bin ich etwas sportlicher als du!" Luca redete besänftigend auf ihn ein. „Das mag ja auch sein, aber man sollte sich nicht in Gefahr bringen, wenn es nicht unbedingt sein muss. Den Lauf eines Flusses kann doch jedes Kind auf einer Landkarte erkennen. Und wenn wir uns jetzt hier entlang der Böschung voranpirschen, können wir wahrscheinlich von oben noch mehr sehen als von dem kleinen Steg da unten. Komm, es wird bestimmt noch Situationen geben, in denen es richtig gefährlich wird und wir all unseren Mut zusammennehmen müssen!“ Ob Luca ahnte, wie viel Wahrheit in seinen Worten steckte?

Die Wanderung entlang der Böschung glich eher einer Dschungelexpedition als einem Spaziergang. Die Kinder schafften es nur mit Mühe, den dornigen Büschen auszuweichen, die immer wieder den Weg versperrten. Plötzlich sahen sie etwas durch die Sträucher hindurchschimmern. „Was haben wir denn da?“ Michi bog das Gestrüpp etwas zur Seite. „Also, verglichen mit dem Verwalterhaus dort hinten taugt das hier höchstens als Hühnerstall.“ Etwas zögerlich verließen die Kinder das Gebüsch und bewegten sich langsam auf das Gebäude zu. Die Wände waren zwar gemauert und massiv, jedoch machte es wirklich eher den Eindruck eines Stallgebäudes. Vorsichtig lugten sie durch die mit Spinnweben verhangenen Fenster, konnten jedoch außer ein paar Kisten und herumliegendem Werkzeug nichts entdecken. „Hm, scheint so eine Art Werkstatt zu sein. Na ja, um ein Schloss in Ordnung zu halten und zu pflegen, braucht man wahrscheinlich auch Werkräume“, meinte Michi und wandte sich wieder der Böschung zu. „Schaut mal her, auch hier hat jemand eine Schneise ins Gestrüpp geschlagen, genau wie da hinten!“ Schon war Michi verschwunden.

In diesem Moment hörten Luca und Lina hinter sich ein knackendes Geräusch. Sie fuhren herum und erschraken furchtbar, als sie in das grimmige Gesicht eines schwarzhaarigen Mannes blickten, der einen löchrigen Schlapphut trug und die beiden Kinder aus seinen dunklen Augen zornig anfunkelte. „Ihr frechen, neugierigen Kinder! Was schnüffelt ihr hier auf fremdem Grund und Boden herum?“, polterte er mit starkem französischem Akzent und hob drohend seine Faust. „Macht, dass ihr hier wegkommt, sonst …“ In diesem Moment sprang Melanchthon bellend aus dem Gebüsch heraus und stürzte sich auf den Mann. Der wich unwillkürlich zurück und ließ die Kinder einen Moment lang aus den Augen. Diese Gelegenheit nutzten Luca und Lina und rannten um die Hausecke herum in die Richtung, in der sie das Schloss vermuteten. Einen Moment später war Melanchthon bereits wieder hinter ihnen. Ein kurzer Angriff hatte ausgereicht, um den Kindern die Möglichkeit zur Flucht zu geben.

Einige Minuten später erreichten sie völlig außer Atem die Rückseite des Schlosses, auf der sie erst einen Eingang suchen mussten. Schnell erblickten sie ein paar Steinstufen, die zu einer kleinen Holztür hinabführten, durch die sie hindurchschlüpfen konnten. Kurz bevor Luca die Tür hinter sich schloss, warf er noch einen letzten Blick zurück. Gott sei Dank! Offenbar war ihnen der Schlapphutmann nicht gefolgt. Luca und Lina pressten sich mit dem Rücken an die Wand und waren so außer Atem, dass sie zunächst kein Wort herausbrachten. Es war stockdunkel um sie herum. Melanchthon drückte sich eng an Linas Bein. Lina beugte sich zu ihm herab und umarmte ihn fest. „Guter Melanchthon“, flüsterte sie immer noch atemlos. „Du hättest nicht eine Sekunde später kommen dürfen.“ Luca fand nun auch seine Sprache wieder. „Hoffentlich ist Michi schlau genug gewesen, sich im Gebüsch versteckt zu halten. Aber was ist, wenn der Schlapphutmann uns schon länger belauscht hat und wusste, dass wir zu dritt waren?“

„Komm, Luca, lass uns beten!“, flüsterte Lina. Angst schwang in ihrer Stimme. „Nur Gott weiß, wo Michi ist, nur er kann jetzt auf ihn aufpassen.“ Anstatt eine Antwort zu geben, kniete Luca sich neben seine Schwester und fasste sie um die Schulter: „Lieber Herr, ich danke dir von Herzen, dass du Melanchthon eben in letzter Sekunde geschickt und uns vor dem Schlapphutmann gerettet hast. Du weißt auch, wo Michi jetzt ist, und wir bitten dich, Herr, dass der Mann ihn nicht findet. Bring Michi doch bitte gesund ins Schloss zurück. Hilf uns, dass wir das Geheimnis, das auf diesem Schloss liegt, aufdecken können. Amen." Das *Amen* bekräftigte er, indem er seine Schwester noch einmal fest drückte.

Jetzt war ihm schon leichter ums Herz. Wie oft hatten sie schon erlebt, dass Gott ihre Gebete beantwortet und sich um ihre Angelegenheiten gekümmert hatte. Luca erhob sich. „Komm, Lina! Nun müssen wir nur noch den Weg nach oben finden. Wenn es doch nicht so finster hier wäre." Luca betastete vorsichtig die Wand. Plötzlich wurde es hell, und er schaute ins Gesicht seiner Schwester, die ihn angrinste. „Diesmal war ich schneller, Bruderherz." Neugierig schauten sie sich um. Der Raum, in dem sie sich befanden, war niedrig und vollgestellt mit Regalen. Auf den Regalbrettern standen massenhaft Einmachgläser, Konservendosen und Holzkisten mit frischem Gemüse. „Warum wollen wir eigentlich hochgehen?", meinte Luca. „Hier unten könnten wir mindestens vier Wochen bequem überleben." Lina zog ihn am Arm. „Ich hatte mir meine Sommerferien eigentlich etwas gemütlicher vorgestellt. Und außerdem: Siehst du hier irgendwo Hundefutter?" Lachend stiegen die beiden die alte Steintreppe hinauf, der Tür entgegen, hinter der sie das Tageslicht erwartete.

Kapitel 4

Ein Mann mit Hut

Etwa eine halbe Stunde lang warteten Luca und Lina mit Melanchthon in ihrem Zimmer auf Michi. Luca lief nervös auf und ab und warf immer mal wieder einen ungeduldigen Blick aus dem Fenster. Plötzlich hörten sie Schritte auf der Treppe. Jemand riss die Tür auf, und im Zimmer stand ein blutig gekratzter, völlig atemloser, aber quicklebendiger Michi. „Michi!", rief Lina und fiel ihrem Bruder um den Hals. „Au!" Michi zuckte zusammen. „Vorsichtig, Lina, ich bin völlig zerkratzt!"

„Michi, erzähl schon, was ist passiert?", drängte Luca. Michi rang nach Luft. „Also ... ich war gerade im Gebüsch verschwunden und folgte dem Weg zum Rand der Böschung, da hörte ich eine Männerstimme brüllen. Ich wollte schon zurücklaufen und euch zur Hilfe kommen, da bellte auch schon Melanchthon. Ich hoffte, er würde den Mann in die Flucht schlagen. Da ich danach nur noch hörte, wie der Mann auf Französisch vor sich hin schimpfte, war ich mir sicher, dass ihr entkommen konntet. Also versteckte ich mich im Gebüsch, weil ich vermutete, dass der Mann den kleinen Pfad zur Böschung entlangkommen würde. Und tatsächlich! Kurz darauf stapfte er knapp vor meiner Nase her. Ganz schön finsterer Geselle! Ich wartete noch einen Moment, bis ich ausreichenden Sicherheitsabstand hatte. Dann schlich ich hinter ihm her. Als ich die Böschung erreicht hatte, war er nicht mehr zu sehen. Da dämmerte mir, dass sich möglicherweise eine ähnliche Treppe in der Böschung befinden könnte wie hinter dem Verwalterhaus. Ich legte mich flach auf den Boden und robbte vorsichtig bis zum Rand. Und wirklich, ich schaute auf einen alten Schlapphut, der sich immer weiter abwärts bewegte. Unter ihm schlängelte sich der Fluss, nur unterbrochen von einem kleinen Steg, an dem ein Ruderboot festgemacht war. Ich konnte gerade noch sehen, dass die Treppe stabil und richtig gut ausgebaut war. Die Stufen hinter dem Verwalterhaus scheinen also nur so eine Art Nottreppe zu sein.“ Er schwieg einen Moment und fügte dann etwas leiser hinzu: „Gut, dass du mich daran gehindert hast, diese Nottreppe hinunterzuklettern, Luca. Wäre ich unten am Steg gewesen, hätte mich der Mann mit dem Schlapphut sicherlich von dem anderen Steg aus entdeckt. Na ja, als ich dann wusste, dass der Mann auf dem Weg hinunter zum Fluss war, konnte ich ja direkt zum Schloss zurücklaufen. Und jetzt bin ich hier.“

„Gott hat unser Gebet erhört“, flüsterte Lina dankbar. Luca nickte. „Ja, Michi, wir hatten ganz schön Angst um dich, aber wir wussten auch, dass du in Gottes Hand bist.“

„Schade, dass ich nicht mehr beobachten konnte, was der Mann am Fluss gemacht hat“, sagte Michi und zuckte mit den Schultern. Luca überlegte. „War das Boot leer?“ Michi nickte nur. „Ja, dann gibt es eigentlich nur eine Möglichkeit: Der Schlapphutmann hat das Gelände mit dem Ruderboot über den geheimen Wasserweg verlassen, weil er auf dem Schlossgrundstück nicht gesehen werden wollte.“

„Aber Luca, was hat das alles zu bedeuten? Jetzt traue ich mich ja kaum noch, alleine im Park herumzuspazieren.“ Lina sah ihren Bruder fragend an. Luca legte ihr beschwichtigend den Arm um die Schultern. „Schau, Schwesterchen, solange du dort nur brav spazieren gehst und deine Nase nicht in fremde Angelegenheiten steckst, bist du nicht in Gefahr. Aber ...“ Er schaute sie grinsend von der Seite an. „Heute Abend werden die Geschwister Rothstein bereits damit anfangen, ihre Nasen in fremde Angelegenheiten zu stecken!“

Für den Abend hatte Madame Villard die gesamte Familie Rothstein zum Abendessen in den Speisesaal des Schlosses gebeten. Als sie den großzügig gestalteten Raum betraten, staunten sie nicht schlecht. Vor ihnen erstreckte sich eine lange, herrschaftliche Tafel, die von drei fünfarmigen Kerzenständern aus Silber erleuchtet wurde. Madame Villard hatte mit kostbarem Porzellan und Tafelsilber gedeckt. Auf jedem Teller stand eine weiße, gestärkte Leinenserviette, gefaltet und aufrecht wie eine Kochmütze. Im Hintergrund spielte leise Kammermusik. Lina atmete tief durch. Sie kam sich vor wie ein Ehrengast auf der Hochzeit eines Prinzen. *Komisch,* dachte sie plötzlich für sich, *wie sehr diese Szene doch im Gegensatz zu dem steht, was wir heute auf dem Gelände erlebt haben.* Sie beschloss, jetzt nicht mehr daran zu denken und einfach den Augenblick zu genießen.

Als alle Platz genommen hatten, ergriff Madame Villard das Wort. „Liebe Familie Rothstein, an dieser Stelle möchte ich Sie noch einmal ganz offiziell auf Schloss Morillion willkommen heißen. Mein Mann lässt sich entschuldigen, er hat heute Abend leider andere Verpflichtungen. Wir freuen uns sehr, einen so bekannten Geschichtsforscher wie Sie, lieber Herr Professor Rothstein, als Gast beherbergen zu dürfen. Auf Ihr Wohl!" Sie erhob ihr Glas, und alle anderen nahmen ebenfalls ihr Glas zu Hand. „Wir danken Ihnen für den freundlichen Empfang, liebe Madame Villard!", sagte Johannes Rothstein, nachdem er einen Schluck Wein genommen hatte. „Es ist uns eine Ehre, Ihre Gäste zu sein, und wir freuen uns sehr auf die Wochen, die vor uns liegen." Luca schaute in die Runde. Er war ehrlich froh, dass Hugo Villard nicht zum Abendessen erschienen war. Wer weiß, ob ihm beim Anblick dieses mürrischen Mannes nicht jeder Bissen im Hals stecken geblieben wäre!

Madame Villard war aus dem Speisesaal gegangen und trat nun mit zwei dampfenden Porzellanschüsseln wieder herein. Greta Rothstein eilte ihr zur Hilfe, und im Nu war ein herrliches Festmahl auf feinstem Porzellan serviert. Luca, Lina und Michi hatten jedoch Mühe, das leckere Essen zu genießen und sich auf das zu konzentrieren, was Madame Villard über die Geschichte des Schlosses Morillion und der Familie de Belmont zu berichten hatte. Zwischendurch, wenn ihre Gedanken wieder ins Turmzimmer im Ostflügel des Schlosses wanderten, rutschten sie unruhig auf ihren Stühlen hin und her und warfen einander vielsagende Blicke zu. Sie durften sich bloß nichts anmerken lassen, damit niemand Verdacht schöpfte. Geduldig lauschten sie den Geschichten über die Heirat des Grafen Frederic de Belmont mit der Gräfin Katharina von

Hohensee und den Turbulenzen, die die Gegend während des Ersten Weltkriegs erschüttert hatten.

Dankbar horchten sie auf, als Madame Villard den Nachtisch ankündigte. Bald nachdem sie eine köstliche Mousse au Chocolat verspeist hatten, bat Johannes Rothstein, sich einmal die Schlossbibliothek ansehen zu dürfen. „Mais oui, herzlich gerne“, erwiderte Madame Villard sichtlich erfreut über das Interesse des Professors an Schloss Morillion. „Warten Sie, bis ich den Tisch abgeräumt habe, und ich werde Ihnen den Weg dorthin zeigen. Die Räumlichkeiten der Bibliothek stehen Ihnen im Übrigen wann immer und solange Sie wollen zur Verfügung“, ergänzte sie mit einem freundlichen Lächeln. Zur Freude von Madame Villard halfen die Kinder fleißig dabei, Geschirr und Schüsseln in die Schlossküche zu tragen, die sicherlich auch mal eine Besichtigung wert wäre, wie sie fanden. Madame Villard bemerkte ihre Blicke. „Wenn ihr mal ein bisschen Hunger zwischendurch verspürt, dürft ihr mich gerne hier besuchen“, flüsterte sie ihnen zwinkernd zu. „Seien Sie vorsichtig mit Ihren großzügigen Angeboten, Madame Villard. Möglicherweise werden wir öfter hier erscheinen, als Ihnen lieb ist!“ Lachend verließen sie die Küche und hielten Ausschau nach ihren Eltern, bei denen sie sich für den Rest des Abends abmeldeten.

Auffallend zielstrebig marschierten sie auf ihr Zimmer. Die zwei Stunden bis zum Einbruch der Dunkelheit verbrachten sie mit dem Auspacken ihrer Koffer und mit Lesen. Zwischendurch wanderte Lucas Blick immer wieder ungeduldig zum Fenster. Ob es wohl inzwischen dunkel genug war, um unbeobachtet durchs Schloss schleichen zu können? Er horchte auf die Geräusche, die von unten heraufdrangen. Ja, langsam wurde es ruhiger im

Schloss. *Zur Sicherheit sollten wir noch eine halbe Stunde abwarten, bevor wir uns auf den Weg machen,* dachte er bei sich. Mit einem Mal hörten sie Schritte auf der Treppe. Erschrocken hielten sie den Atem an. Das Erlebnis mit Hugo Villard, der plötzlich in ihr Zimmer gepoltert war, steckte ihnen noch in den Knochen. Dieses Mal waren es jedoch freundliche, wohlbekannte Schritte. Lächelnd steckte ihre Mutter den Kopf durch die Tür. „Ich wollte doch mal nachsehen, wie es meinen zwei kleinen Grafen und meinem Burgfräulein geht."

„Ach, liebste Frau Mutter!" Lina nahm ihre Mutter in den Arm und presste ihren Kopf künstlich schluchzend gegen ihre Schulter. „Meine herzlosen Brüder wollen mich mit dem hässlichen Grafen Victor de Fusal aus der Provence verheiraten! Ich bin untröstlich, liebe Frau Mama, und bitte Sie, mir schützend zur Seite zu stehen!" Ihr Schluchzen wurde langsam zu einem Kichern, weil ihre Mutter sie genauso herzlos durchkitzelte.

Kapitel 5

Das verbotene Turmzimmer

Als die Turmuhr elf schlug, richtete sich Luca in seinem Bett auf, griff nach seiner Taschenlampe und deutete mit dem Kopf zur Tür. Schweigend und auf leisen Sohlen folgten Lina und Michi ihrem Bruder die Treppe hinab und schlichen den Flur entlang. Vorsichtshalber hatte Luca seine Taschenlampe ausgeknipst, denn der Mond schien durch die Fenster und erleuchtete das Innere des Schlosses schwach, aber ausreichend.

Endlich hatten sie die schwere Eisentür erreicht, die zum Turmzimmer führte. Luca hielt den Atem an, als er die Klinke ergriff und sie vorsichtig herunterdrückte. In der Hoffnung, dass niemand durch das quietschende Geräusch der aufspringenden Tür aufmerksam geworden war, schlichen die drei Kinder mit klopfendem Herzen eine schmale, ausgetretene Wendeltreppe aus Stein hinauf. Ängstlich klammerte sich Lina am eisernen Handlauf fest. Ihr Blick fixierte den Lichtkegel der jetzt eingeschalteten Taschenlampe. Er tanzte vor ihren Füßen her und wies ihnen den Weg. Endlich!

Sie hatten ein hölzernes Podest erreicht und standen vor einer alten, mit Schnitzereien verzierten Holztür. Ihnen war mulmig zumute. Was sie wohl dahinter erwartete? „Wer traut sich?“, flüsterte Luca und sah seine Geschwister an. Wortlos griff Michi nach der Türklinke. Die Tür ließ sich leicht und lautlos öffnen. Die drei Kinder hielten den Atem an. Vor ihnen lag ein runder Raum mit bemalten Holzwänden. Der Mond, der durch die bunten Mosaikfenster hineinschien, tauchte das Innere des Zimmers in ein fahles bläuliches Licht. In der Raummitte stand ein dunkler, schwerer Schreibtisch, auf dem ein riesiges, aufgeschlagenes Buch lag. Die Regale, die an den Wänden standen und Unmengen alter Bücher enthielten, reichten bis unter die Decke.

Nur zögerlich betraten die Geschwister den Raum. Da die alten Holzdielen unter ihrem Gewicht entsetzlich laut quietschten, streiften sie sich instinktiv die Schuhe von den Füßen und setzten ihre Schritte mit besonderer Sorgfalt voreinander. Lina lief ein Schauer über den Rücken. Ihr kam der Befehl des Grafen in den Sinn, dass Fremde diesen Raum unter keinen Umständen betreten sollten. Was nun, wenn der Graf nicht – wie Luca annahm – ihre Neugier wecken, sondern in Wahrheit eine ernst gemeinte Warnung aussprechen wollte? In diesem Moment wünschte sie sich, ihre Brüder hätten mehr Interesse an langweiligem Fußballspielen als an schaurigen Abenteuern.

Luca war zum Schreibtisch hinübergegangen und hatte sich auf den mit Leder bezogenen Armlehnstuhl gesetzt. „Schaut mal her!“, flüsterte er und deutete auf das schwere Buch, das vor ihm lag. „Es ist eine alte Bibel! Michi, halt mal bitte die Taschenlampe und leuchte mir.“ Er legte seine Hand hinein, um die aufgeschlagene Seite wiederfinden zu können, blätterte neugierig zur ersten Seite und entzifferte nur mit Mühe die alte, verschnörkelte Schrift:

„Das Newe Testament Deutzsch. Übersetzung von Dr. Martinus Luther. Anno Domini 1522. Mann, das ist ja ein richtig alter Schinken! Das soll wahrscheinlich ‚Das Neue Testament in deutscher Sprache' heißen, übersetzt von Martin Luther. Das Wort ‚deutsch' mit ‚tz' sieht richtig lustig aus!" Dann kehrte er zu der ursprünglich aufgeschlagenen Seite zurück. „Hm, hier hat jemand einen Vers unterstrichen. Man kann ihn kaum lesen, er ist so verschnörkelt geschrieben und dazu noch in alter Schreibweise." Er las laut und stockend: *„Bittet / so wirt euch gebe / sucht / so werdet yhr finden / klopfft an / so wirt euch auffgethan / denn wer do bitt / der empfehet / vn wer do sucht / der findt / vnnd wer do anklopfft / dem wirt auffgethan.* " Lina schaute ihm über die Schulter. „Interessant! Für solch eine Rechtschreibung würden wir in der Schule bestimmt eine Sechs im Diktat kassieren! Und anstatt ein Komma zu setzen, hat man scheinbar früher immer einen großen Strich zwischen die Wörter geschrieben. Hm, aber schaut mal: Ein Wort ist besonders dick unterstrichen. *Sucht* soll das vermutlich heißen", bemerkte sie und legte ihren Finger auf die Stelle. Luca nickte: „Erkennt ihr die Bibelstelle wieder? Oben über dem Text steht *Euangelion Sanct Matthes,* seht ihr? Es muss sich also um die Stelle im Kapitel 7 des Matthäusevangeliums handeln, wo Jesus sagt: *‚Bittet, und es wird euch gegeben; sucht, so werdet ihr finden; klopft an, und es wird euch geöffnet werden.'* "

„Stimmt, Luca, die Stelle kenne ich auch! Und was heißt das hier? Da hat jemand mit Tinte etwas an den Rand geschrieben. *Sola gratia, sola scriptura, sola fide, solus Christus*", buchstabierte Lina. *„Christus* kann ich verstehen, damit ist Jesus Christus gemeint. Aber was bedeutet der Rest? Ist das französisch?“

„Nein“, entgegnete Luca, „ich glaube, es ist lateinisch. Aber über die Bedeutung müssten wir Papa mal befragen, der kann uns das todsicher beantworten. Ich hoffe, ich kann mir das alles merken.“ Er murmelte die Worte mehrere Male leise vor sich hin. Dabei schaute er auf. Sein Blick fiel auf etwas, das keiner von ihnen bisher bemerkt hatte. Direkt neben der Tür hing ein auffallend großes Ölgemälde in einem verschnörkelten Goldrahmen, auf dem ein Wolfskopf abgebildet war. Michi und Lina bemerkten, dass Luca innegehalten hatte und die Wand anstarrte. Nun entdeckten auch sie das Tierporträt, von dem etwas Merkwürdiges, fast Bedrohliches ausging. „Der sieht aus, als ob er gleich auf uns losgehen wollte“, schauderte Lina. Michi kicherte: „Wahrscheinlich will er uns fressen, weil wir einfach in seine Wolfshöhle eingedrungen sind.“ Luca betrachtete weiter nachdenklich das Bild. „Nee, Leute, seht euch das mal genau an. Das Bild wirkt zwar sehr unheimlich, aber der Wolf schaut uns ja noch nicht einmal an. Sein Blick starrt wie gebannt auf etwas außerhalb des Bildes, aber nicht auf den Betrachter. Diesen Blick des Tieres hat der Künstler so durchdringend, so genial gut gemalt, dass man ihm automatisch folgt, um herauszufinden, was der Wolf wohl anstarren könnte. Es würde mich nicht wundern, wenn dieses Bild *Der Blick des Wolfes* oder so ähnlich heißt.“

Lina nickte zustimmend. „Du könntest recht haben, aber was hat das alles zu bedeuten?“

„Wenn ich das wüsste! Aber eines ist sicher: Normalerweise würde man ein solches Bild so hinhängen, dass man es gleich beim Betreten des Zimmers sieht. Aber offensichtlich hat es jemand mit Absicht an diesen Ort gehängt, an dem man es erst entdeckt, wenn man am Schreibtisch sitzt und sich mit der aufgeschlagenen Bibel beschäftigt."

„Meinst du wirklich? Glaubst du nicht, dass du dem Ganzen dieses Mal ein bisschen zu viel Bedeutung beimisst?" Michi schaute seinen Bruder zweifelnd an.

„Schon möglich, aber ich glaube, die Bibel mit den unterstrichenen Versen weist uns darauf hin, dass es etwas zu suchen und zu finden gibt. Die Bedeutung der lateinischen Worte müssen wir mit Papas Hilfe noch herausfinden. Was das Ganze mit dem Wolf zu tun hat ... tja, ehrlich gesagt, darauf kann ich mir auch noch keinen Reim machen. Aber mein Gefühl sagt mir, dass das Bild etwas mit der ganzen Sache zu tun hat." Mit einem Mal wurde es stockdunkel im Raum, und Lina schreckte auf. Beruhigend legte Luca seinen Arm um ihre Schultern.

„Keine Angst, Schwesterherz, es hat sich bloß eine harmlose Wolke vor unseren lieben Mond geschoben. Das ist alles. Aber vielleicht ist das auch das Zeichen, dass wir langsam aufbrechen sollten. Ich glaube, wir haben alles gesehen, was wichtig sein könnte, oder?" Lina nickte dankbar. „Ich bin auch dafür", stimmte Michi zu und bewegte sich in Richtung Tür. „Ich habe keine Lust auf ein weiteres unerfreuliches Zusammentreffen mit Monsieur Villard oder gar unserem Schlapphutmann." Sie angelten nach ihren verstreut herumliegenden Schuhen, schlossen die Tür hinter sich und schlichen auf leisen Sohlen die Wendeltreppe hinab. Als Michi die Nase vorsichtig auf den Flur steckte, versicherte er seinen Geschwistern durch eine Handbewegung, dass die Luft rein war. Auf Zehenspitzen hasteten sie den Flur entlang. Plötzlich hörten sie Schritte – schwere, schlurfende Schritte, die aus einiger Entfernung bedrohlich näher kamen. Sie kannten diese Schritte! Monsieur Villard!

Sie schauten einander an, und die Panik stand jedem von ihnen ins Gesicht geschrieben. Und ausgerechnet in diesem Moment kroch der Mond hinter den Wolken hervor und erhellte den Flur. Es gab keine Möglichkeit, sich zu verstecken. Keine Ritterrüstung oder chinesische Vase in Sicht, hinter der man sich hätte verkriechen können. Luca schaltete schnell. Er zeigte auf seine Schuhe und zog sie aus. Michi und Lina begriffen und machten es ihm nach. Wie der Blitz machte Luca kehrt und raste gefolgt von seinen Geschwistern in Strümpfen und daher völlig lautlos über den Steinboden. Wenn sie schnell genug liefen, könnten sie es bis in die Eingangshalle schaffen, bevor der mürrische Verwalter vom Seitenflügel in den Hauptgang einbog. Er durfte sie auf keinen Fall erwischen! Am Ende würde er noch herausbekommen, wo sie gewesen waren! *Bitte, Herr, lass ihn uns nicht entdecken!,* betete Luca innerlich. Gleich hatten sie es geschafft – noch zehn Meter!

Die drei Geschwister hechteten seitlich in die Ecke der Eingangshalle und hielten sich keuchend aneinander fest. „Los, da hoch!“, zischte Luca und zeigte zur Treppe, die zur Ahnengalerie führte. Schnell huschten sie hinauf und verbargen sich atemlos in einer Ecke. Das Herz schlug ihnen bis zum Hals. In diesem Moment drang wütendes Gebrüll zu ihnen hinüber.

„Was schreit er da?“, flüsterte Lina zitternd. Luca kicherte leise: „Keine Ahnung, ich verstehe ja kein Französisch, aber ich vermute ganz stark, dass er unsere herumliegenden Schuhe entdeckt hat! Das macht aber nichts. Er kann ja nicht ahnen, dass wir sie eben erst ausgezogen haben – aus Gründen des Schallschutzes sozusagen.“

„Hoffentlich kommt er nicht hier hoch.“ Michis Stimme klang nun auch ängstlich. Luca schüttelte den

Kopf. „Ist eher unwahrscheinlich. Die Wohnräume der beiden sind im Erdgeschoss. Hier oben ist ja nur noch die Bibliothek.“ Jetzt presste er den Finger auf den Mund und deutete nach unten. Die Schritte waren direkt unter ihnen. Monsieur Villard schimpfte immer noch vor sich hin. Die Kinder hielten den Atem an. Und richtig, Luca behielt recht. Langsam, aber sicher verhallte das Schlurfen und Schimpfen in Richtung Westflügel, bis es schließlich wieder ganz still war.

Luca, Lina und Michi umarmten sich. Dann betete Luca flüsternd: „Danke, lieber Herr, dass du uns auch aus dieser Situation gerettet hast. Danke, dass du treu bist. Amen.“ Langsam schlichen die drei nun die Treppe hinunter in den Ostflügel des Schlosses zurück und stolperten fast über ihre Schuhe, die Monsieur Villard offenbar aus Wut quer über den Gang verstreut hatte. Lina bückte sich nach ihnen, aber Luca fasste sie am Arm, schüttelte den Kopf und zeigte auf die Treppe, die zu ihrem Zimmer hinaufführte. Als Michi die Tür hinter ihnen schloss, atmeten alle tief durch und ließen sich erleichtert auf ihre Betten fallen. Der Erste, der das Schweigen brach, war Luca: „Preisfrage, Kinder: Warum sollte Lina wohl die Schuhe nicht aufheben?“

„Wahrscheinlich soll sie sich endlich mal abgewöhnen, immer so ordentlich zu sein, Herr Lehrer“, meinte Michi und zuckte mit den Schultern. „Denk doch mal nach!“ Luca setzte sich auf und lehnte sich mit dem Rücken an die Wand. „Was wäre wohl passiert, wenn der Verwalter noch einmal zurückgekommen wäre?“

„Er hätte gesehen, dass die Schuhe nicht mehr da sind.“

„Und er wüsste automatisch, dass wir vor wenigen Minuten noch durch den Flur geschlichen sind“, ergänzte Lina Michis Überlegungen. „Schlaue Kinder“, flötete

Luca mit gespieltem Stolz. Lina hatte aber trotzdem Bedenken.

„Morgen werden aber alle über die Schuhe stolpern und denken, was für unordentliche Kinder wir sind“, protestierte sie. „Na und?“, entgegnete Luca. „Da musst du jetzt nun einmal durch, Schwesterherz. Besser man hält uns für unordentlich, als dass jemand unseren Ermittlungen auf die Schliche kommt, oder?“

Kapitel 6

Ehrlich währt am längsten

Am nächsten Morgen saßen die Geschwister Rothstein mit ihren Eltern am reich gedeckten Frühstückstisch im Speisesaal des Schlosses. Die Sonne schien durch die langen Sprossenfenster und durchflutete den Raum mit ihrem warmen Licht. Madame Villard hatte alles wieder äußerst liebevoll hergerichtet. Die Freundlichkeit und die Schönheit der Atmosphäre standen in so deutlichem Gegensatz zu ihren Erlebnissen am gestrigen Abend, dass Lina einen Moment lang glaubte, sie habe das alles nur geträumt. Aber als sie in die kleinen, verschlafenen Augen ihrer Brüder schaute, kam die Erinnerung so plötzlich wieder, dass es keinen Zweifel gab: die Jagd durch die Schlossgänge, die Suche im bläulich beleuchteten Turmzimmer, die Flucht vor Monsieur Villard. All das hatten sie wirklich erlebt – so wahr sie jetzt gerade in ihr herrlich duftendes Croissant biss.

Greta Rothstein sah ihre Kinder aufmerksam an. „Ihr drei kommt mir heute Morgen so auffallend still vor. Was ist los mit euch?“

„Ooch“, entgegnete Luca etwas gedehnt und gähnte demonstrativ. „Ich glaube, wir sind alle einfach nur müde. Weißt du, wir sind erst ziemlich spät eingeschlafen. Es ist alles so aufregend hier.“ Zu diesem Zeitpunkt konnte Greta Rothstein noch nicht ahnen, welche Bedeutung Lucas letzte Worte hatten, und gab sich deshalb mit seiner Antwort zufrieden. Luca war trotzdem nicht ganz wohl zumute. Zwar hatte er nicht die Unwahrheit gesagt, aber er spürte, dass es ab jetzt sehr schwierig werden würde, seinen Eltern gegenüber immer bei der Wahrheit zu bleiben.

Für die Geschwister war es sonnenklar, dass sie ihre Eltern auf keinen Fall belügen wollten. Mit Unbehagen erinnerte sich Luca an Situationen, in denen er seine Eltern mit kleineren oder größeren Lügen abgespeist hatte, um Dinge zu vertuschen, die er nicht hätte tun dürfen, weil er sich keinen Ärger einhandeln wollte. Aber jedes Mal hatte danach sein Gewissen rumort. Er hatte irgendwie nicht mehr fröhlich sein und seinen Eltern in die Augen schauen können. Sein Geheimnis hatte ihn so lange innerlich gequält, bis er den Entschluss gefasst hatte, ihnen die Wahrheit zu erzählen. Es kostete viel Überwindung, aber im Nachhinein war er immer sehr froh und fragte sich, warum er so dumm gewesen war, nicht gleich mit der Wahrheit herauszurücken. Seine Eltern hatten immer sehr gut reagiert. Klar, sie sagten ihm natürlich deutlich, was sie davon hielten, wenn ihre Kinder sie anlogen. Trotzdem freuten sie sich immer sehr darüber, wenn diese dann kamen und zugaben, die Unwahrheit gesagt zu haben.

Sie verziehen den Kindern gerne. Das spürte man richtig, denn sie nahmen sie nach einem solchen Gespräch immer besonders fest in den Arm. Doch sie beließen es nicht nur dabei. Sobald zwischen ihnen wieder alles geklärt war, legten sie auch Wert darauf, dass die Kinder die Sache vor Gott wieder in Ordnung brachten. Die Entscheidung, ob sie gemeinsam beteten oder die Kinder in aller Stille – sozusagen „unter vier Augen“ – mit Gott redeten, überließen sie immer den Kindern selbst.

Ja, es musste einen Weg geben, dem Geheimnis auf die Spur zu kommen, das dieses Schlossgelände umgab, ohne die Eltern so ausdrücklich einzuweihen, dass sie sich unnötig Sorgen machten, aber trotzdem ehrlich zu bleiben und sie nicht anzulügen. Und irgendwann könnte es vielleicht notwendig und hilfreich sein, den Eltern reinen Wein einzuschenken, eben dann, wenn es zu gefährlich würde. Luca nahm sich in seinem Herzen vor, ab jetzt ganz besonders darauf zu achten, Ehrlichkeit und Vorsicht unter einen Hut zu bringen.

„Was habt ihr denn heute Spannendes vor?“ Die Frage seines Vaters riss Luca aus seinen Gedanken. Ehe er sich eine geschickte Antwort überlegen konnte, entgegnete Lina leichthin: „Och, wir wollen das Schlossgelände noch weiter erkunden. Es gibt so viele Dinge hier, die wir noch genauer unter die Lupe nehmen müssen.“ Unbefangen nahm Lina wieder einen großen Bissen von ihrem Croissant. *Bravo, Lina!,* applaudierte Luca innerlich. *Du bist ein Naturtalent!* Laut fragte er: „Sag mal, Papa: Kannst du mir mal ein bisschen mit deinen Lateinkenntnissen unter die Arme greifen?“ Johannes Rothstein blickte seinen Sohn erwartungsvoll an. „Ich habe da ein paar Sätze gelesen, von denen ich nicht weiß, was sie genau bedeuten.“ Luca kramte einen zerknüllten Zettel aus seiner Hosentasche und faltete ihn auseinander. „Ich hoffe, ich habe mir alles aus meiner Erinnerung richtig aufgeschrieben. Gut, dass man die lateinische Sprache so ausspricht, wie sie geschrieben wird. Also, da stand: *Sola gratia! Sola scriptura! Sola fide! Solus Christus!* Kannst du uns verraten, was das heißen soll?"

Johannes Rothsteins Miene erhellte sich. „Woher hast du denn das? Warst du in der Schlossbibliothek?" In seiner Stimme schwang Begeisterung darüber, dass seine Kinder zu entdecken begannen, wie spannend historische Dokumente sein konnten. Luca bewegte jedoch gerade ein ganz anderer Gedanke. Also gut, jetzt kam Prüfung Nr. 1: die Wahrheit sagen, ohne zu viel zu verraten! Wenn er seinen Eltern jedoch beichtete, wo sie gestern Abend gewesen waren, dann würden sie ihnen vielleicht verbieten, noch weiter auf dem Schlossgelände herumzuforschen. Aber er wollte auch nicht lügen.

„Papa", sagte er etwas langsam und holte tief Luft, „ich war nicht in der Bibliothek, sondern ich habe das in einem Buch gelesen, aber woanders. Wo das war, kann ich dir jetzt leider noch nicht sagen." Der Vater schaute seinen Sohn forschend an. „Papa", begann Luca wieder, und seine Stimme klang nun entschlossener: „Ich will ganz ehrlich zu dir sein. Michi, Lina und ich, wir glauben, dass wir hier einer geheimnisvollen Sache auf der Spur sind. Aber wir können noch nichts darüber verraten, versteh das bitte! Wir sind noch ganz am Anfang unserer Ermittlungen. Aber wir versprechen euch, dass wir nichts Unrechtes tun und uns nicht absichtlich in Gefahr begeben. Abgemacht?"

Voller Hoffnung, sein Vater würde nicht weiter nachbohren, blickte er ihm fest in die Augen. Johannes Rothstein schaute nun etwas nachdenklicher von einem zum anderen und strich sich über das Kinn. Seine anfängliche Begeisterung war zwar gewichen, aber Lina glaubte, ein kleines, belustigtes Funkeln in seinem Blick entdecken zu können. Er sah zu seiner Frau hinüber, die etwas besorgter aussah, sich jedoch auch den Hauch eines Lächelns nicht verkneifen konnte.

Beide hatten insgeheim Freude an der gesunden Neugier und Abenteuerlust ihrer Kinder und waren im Grunde dankbar darüber, dass Luca, Lina und Michi lieber ihre Umgebung erforschten und geheimnisvolle Zusammenhänge aufspürten, als faul in der Ecke herumzusitzen und sich zu langweilen. Luca rutschte unruhig auf seinem Stuhl hin und her und rührte geräuschvoll in seinem Kakao herum. Langsam lehnte sich Johannes Rothstein nun in seinem Stuhl zurück und wischte sich mit seiner weißen Stoffserviette nachdenklich über den Mund. „Zunächst einmal“, begann er und sah lächelnd von einem zum anderen, „freuen Mama und ich uns sehr über eure Ehrlichkeit. Und wir sind froh, dass ihr hier auf dem Schloss Morillion eine … na ja, sagen wir mal, spannende Beschäftigung gefunden habt. Eigentlich hatten wir daran auch nie Zweifel. Deshalb haben Mama und ich ja dieses Schloss als Ferienziel ausgesucht, weil wir hofften, dass euch eine solche Umgebung zu interessanten Unternehmungen anregt. Allerdings …“

An dieser Stelle machte er eine Pause, und die Kinder hielten unwillkürlich den Atem an. „Allerdings können wir es auf keinen Fall gutheißen, wenn ihr euch unnötig in Gefahr begebt. Deshalb treffen wir jetzt eine feierliche Abmachung: Wir vertrauen euch, dass ihr verantwortlich handelt, und erlauben euch, eure Nachforschungen fortzuführen, wenn ihr uns Folgendes versprecht: Erstens nehmt ihr immer Melanchthon auf eure Erkundungsgänge mit, und zweitens müsst ihr uns spätestens dann in die ganze Angelegenheit einweihen, wenn es brenzlig für euch werden sollte. Denn schützen können wir euch nur, wenn ihr uns über alles informiert. Einverstanden?" Die Kinder nickten eifrig unter dem eindringlichen Blick ihres Vaters. „Ja, Papa, ganz bestimmt tun wir das." – „Natürlich, Papa", versprachen die Kinder sichtlich erleichtert darüber, ihre Detektivarbeit nicht aufgeben zu müssen. „Danke für dein Vertrauen, Papa", ergänzte Luca und lächelte seinem Vater dankbar zu.

„So, und nun lasst uns die Tafel mal aufheben und das Geschirr wegräumen." Schwungvoll schob Johannes Rothstein seinen Stuhl zurück. „Immerhin sind wir nicht der König von Frankreich, sondern nur Gäste aus Gnaden auf diesem herrschaftlichen Schloss." Er hielt inne und und ließ sich langsam in seinen Stuhl zurücksinken. „Apropos *Gäste aus Gnaden* – ich schulde euch doch noch eine kleine Nachhilfestunde in Latein!"

Kapitel 7

Sola gratia!

„Ja, richtig, das hätte ich ja fast vergessen!“ Luca wollte den Zettel wieder aus seiner Hosentasche hervorkramen, aber sein Vater winkte ab. „Lass den Zettel mal stecken, denn das, was ihr – wo auch immer – gelesen habt, sind vier ganz berühmte Sätze, die Martin Luther geprägt hat. Ihr wisst doch, Martin Luther, der deutsche Mönch, der Anfang des 16. Jahrhunderts die Bibel in die deutsche Sprache übersetzte und viele Lehren der damaligen Staatskirche öffentlich angriff, weil sie nicht mit der Bibel übereinstimmten. Jedenfalls handelt es sich bei diesen vier Sätzen um vier ganz wichtige Wahrheiten, auf die Luther beim Lesen der Bibel stieß. Diese wurden sozusagen zu ‚Säulen‘ der Reformationsbewegung in Deutschland, also der Bewegung, durch die Luther die Kirche erneuerte. Aber jetzt erst einmal Schritt für Schritt:

Sola gratia! Das bedeutet so viel wie: Allein aus Gnade! Damit wollte Luther darauf hinweisen, dass wir

Menschen uns unsere Errettung nicht dadurch verdienen können, dass wir versuchen, besonders gute Menschen zu sein und besonders viel Gutes zu tun. Durch das Lesen der Bibel hatte Martin Luther nämlich entdeckt, dass ein Mensch sich den Weg zu Gott niemals selbst verdient, sondern dass er einzig und allein durch Gottes Gnade in den Himmel kommen kann."

Michi runzelte die Stirn. „Was genau bedeutet aber *Gnade?"* – „Gnade ist ein Geschenk – etwas, das du bekommst, ohne es verdient zu haben", schaltete sich jetzt Greta Rothstein ein.

„Und *sola scriptura?"*

„Das bedeutet: *Allein die Schrift* oder *Allein durch die Heilige Schrift.* Soll heißen, dass die Bibel uns den Weg zu Gott zeigt und sie uns deshalb genügt. Luther verurteilte damit die vielen menschengemachten Regeln der damaligen Kirche, die die Bibel ergänzen sollten und ihr auch darüber hinaus widersprachen. Zum Beispiel verbreitete die Kirche damals die falsche Lehre, dass man sich durch sogenannte Ablasspapiere, die man sehr teuer bezahlen musste, von seinen Sünden selbst loskaufen könne."

„Unglaublich!", ereiferte sich Michi. „Dadurch verdiente sich die Kirche bestimmt eine goldene Nase!"

„So ist es." Sein Vater nickte. „Aber was noch viel schlimmer war: Den Menschen wurde damit auch verschwiegen, wie sie wirklich Befreiung von ihrer Schuld erleben konnten, nämlich indem sie Gott um Vergebung ihrer Sünden baten!" – „Und die anderen Sätze, Papa, was bedeuten die?" Lina versuchte die ganze Zeit, sich einen Reim darauf zu machen, auf welche Spur man sie mit diesen Wahrheiten über die Bibel bringen wollte.

„Sola fide und *solus Christus* gehören exakt in denselben Zusammenhang. Man kann diese vier Wahrheiten

gar nicht so genau voneinander trennen. Diese beiden Sätze bedeuten *Allein aus Glauben* und *Christus allein.* Damit betonte Luther, dass ein Mensch allein durch den Glauben an Jesus Christus davor bewahrt wird, für immer verloren zu gehen. Wenn ein Mensch glaubt, dass Jesus für ihn persönlich am Kreuz gestorben und auferstanden ist, und wenn er Jesus um Vergebung seiner Sünden bittet, dann ist er gerettet. Der Weg zu Gott führt also allein über Jesus!“

Lina schaute ihren Vater nachdenklich an. „Interessant, eigentlich ist das ja für uns nichts Neues. Aber manchmal ist es trotzdem gut, wenn man sich mal wieder daran erinnert, woran man eigentlich glaubt. Super, Papa, du hast uns sehr geholfen! Nicht nur, weil wir jetzt wissen, was diese vier Sätze bedeuten. Wenn mich demnächst mal wieder jemand in der Schule fragt, woran ich glaube, dann kann ich das mithilfe dieser vier Merksätze viel besser erklären! Allein aus Gnade, allein die Schrift, allein aus Glauben, Christus allein.“

Während sich die anderen noch weiter über das Thema unterhielten, arbeiteten Lucas grauen Zellen auf Hochtouren. Welchen verschlüsselten Hinweis enthielten diese vier Sätze bloß für sie? Wonach sollten sie nun suchen? Seine Gedanken drehten sich im Kreis, denn er konnte einfach keinen deutlichen Zusammenhang erkennen. Missmutig starrte er vor sich hin und seufzte tief. Es half nichts, sie mussten an ihrem ursprünglichen Plan festhalten: Heute Nacht würden sie also das Verwalterhaus gründlich unter die Lupe nehmen.

Kapitel 8

Unternehmungen mit Wachhund

Während Johannes Rothstein in die Schlossbibliothek verschwand, um seine Literaturrecherchen voranzutreiben, und mehr oder weniger nur zu den Mahlzeiten zum Vorschein kam, drängte es Luca, Michi und Lina an die frische Luft. Nach einer kurzen Lagebesprechung entschlossen sie sich zusammen mit ihrer Mutter zu einem Spaziergang durch das herrliche Waldgebiet, das das Schlossgelände wie ein dichter grüner Gürtel umgab. Melanchthon zeigte sich mit diesem Vorhaben ebenfalls sehr einverstanden. Aufgeregt und ausgelassen sprang er von einem zum anderen, verfolgte umherflatternde Schmetterlinge und apportierte unermüdlich alle Arten von Stöckchen, die seine menschlichen Begleiter möglichst weit entfernt in verschiedene Richtungen warfen. „Macht den armen Melanchthon nicht so müde", mahnte Luca mit gespieltem Ernst. „Denkt daran: Er ist ab heute unser väterlich verordneter Wach- und Begleithund!"

Michi und Lina quittierten Lucas' Bemerkung mit einem Grinsen. Dann hielt Lina Melanchthon ein Leckerli hin, das er dankbar verschlang. Sie alle genossen die Wanderung durch den einmalig schönen, lichten Laubwald, vorbei an kleinen Tümpeln, umgestürzten Bäumen zum Klettern und Balancieren und Pilzkolonien, vor denen sie Halt machten und heftig diskutierten, ob man den Genuss der Pilze wohl überleben würde oder nicht.

Gegen Mittag erreichten sie wieder das Schlossgelände und bekamen ein vorzügliches Essen serviert: gebratene Gänseleber mit Kartoffeln – eine Elsässer Spezialität, mit der Madame Villard ihre Kochkünste erneut unter Beweis stellte.

Den Nachmittag verbrachten Greta Rothstein und die Kinder auf dem Schlossgelände. Madame Villard hatte Luca, Lina und Michi gestattet, den Gerätekeller nach Bällen oder ähnlichen Spielgeräten zu durchforsten, mit denen sie dann auf dem Gelände spielen durften, wenn sie nichts kaputt machten. Das ließen sich die Kinder nicht zweimal sagen. So gruben sie beim Durchwühlen von allerlei Gartengeräten, alten Säcken und Handwagen ein altes Bocciaspiel aus. Die weißen Kieswege eigneten sich hervorragend als Bocciabahn. Dass sie sich kreuz und quer über das Gelände schlängelten, erhöhte noch etwas den Schwierigkeitsgrad und den Reiz des Spiels. Lina hatte beim Verlassen des Gerätekellers nach einer Harke gegriffen, mit der sie den Kies immer wieder begradigen konnten.

Aber so sehr sich Luca und Lina auch abstrampelten und bemühten, ihr Bruder Michi war und blieb einfach das sportliche Naturtalent der Familie. Noch nicht einmal Greta Rothstein gelang es, ihm eine Kugel streitig zu machen. „Mensch, Michi, gibt es eigentlich eine Sportart, in der du nicht absahnst?“ Luca konnte seinen Ärger nicht ganz verbergen, denn ständig der Verlierer zu sein war nicht so sehr nach seinem Geschmack.

„Tja, Bruderherz, so hat halt jeder seine Stärken. Und das Verlieren solltest du in deinem Alter eigentlich schon gelernt haben. Oder müssen wir noch ein bisschen Mensch-ärgere-dich-nicht-Spielen üben?“ Grinsend holte Michi zum Wurf aus und kegelte Lucas einzige Kugel gekonnt aus der Bahn.

Das war zu viel! Halb ernst und halb aus Spaß stürzte sich Luca auf Michi, und schon rollte ein raufendes Brüderknäuel über den Rasen. Melanchthon kam hinter ein paar Rhododendronbüschen hervorgestürzt und sprang aufgeregt bellend um die beiden herum, als wolle er sich liebend gerne mit ins Getümmel stürzen. Lina und ihre Mutter mussten lachen. Nach ein paar Minuten richtete sich Michi keuchend auf und hielt Lucas Arme an den Boden gedrückt. „Ergibst du dich, du Nichtsportler?“ Luca antwortete nur mit einem Knurren. „Na schön.“ Michi erhob sich und klopfte sich den Dreck von seiner Hose. „Ich würde sagen: Überlass du mir den Sport, ich überlass dir das Denken und das Lösen von Kriminalfällen, okay?“

Als Antwort klopfte Luca seinem Bruder auf die Schulter und hinkte zurück zur Bocciabahn: „Können wir jetzt dieses Spiel endlich fortsetzen, damit ich in Würde verlieren kann?“ Greta Rothstein griff nach einer Kugel, und als sie Michis Kugel traf und um einige Meter versetzte, war Luca wieder etwas getröstet.

Der Rest des Nachmittags verlief ein wenig schleppend und war eine echte Geduldsprobe für die Kinder. Besonders Luca konnte es kaum noch erwarten, bis die

Dunkelheit hereinbrach. Es schien eine Ewigkeit zu dauern. Doch je näher der Abend rückte, desto nervöser wurde er. Wie würden sie sich unbemerkt Zugang zum Verwalterhaus verschaffen können? Was würden sie dort vorfinden? Hoffentlich würden sie niemandem begegnen! Mit zwei unangenehmen Menschen hatten sie ja schon Bekanntschaft gemacht. Wer weiß, wer sich hier noch so auf dem Gelände herumtrieb! Ein Gefühl der Angst stieg in Luca bei dem Gedanken hoch, durch ein fremdes, dunkles Haus zu schleichen und ständig der Gefahr ausgesetzt zu sein, entdeckt zu werden. Sollten sie das Geheimnis lieber doch auf sich beruhen lassen? Diesen Gedanken verbannte Luca ganz schnell wieder aus seinem Kopf. *Nein!,* dachte er bei sich. *Dass Papa uns das Vertrauen entgegenbringt und uns erlaubt hat, weiter nachzuforschen, ist Bestätigung genug, dass wir jetzt nicht aufgeben dürfen.* Und nachdem ihm wieder eingefallen war, wie Gott sie in dieser Sache schon mehrmals bewahrt hatte, konnte er wieder durchatmen.

Nach einem gemütlichen Abendessen zusammen mit den Eltern und Madame Villard, die echtes Interesse daran zeigte, wie die Kinder ihren Tag verbracht hatten, verschwanden Luca, Lina und Michi auf ihr Zimmer.

Leise begannen sie, den Plan für die nächtliche Erkundungstour zu schmieden.

„Leute, unsere Ermittlungen haben ein Stadium erreicht, in dem wir äußerste Vorsicht walten lassen müssen“, betonte Luca mit wichtiger Miene. „Es gibt zwei Personen auf diesem Gelände, die gewarnt sind und ahnen, dass wir eine Spur verfolgen.“

„Aber wie sollen wir es anstellen, dass wir unsere Suche fortsetzen, ohne irgendjemandem über den Weg zu laufen? Und wer weiß, wer sich außer Monsieur Villard und dem Schlapphutmann noch so auf dem Gelände herumtreibt?“, warf Michi ein. Luca runzelte die Stirn. „Ich fürchte, wir können es nicht ganz ausschließen, dass wir einem unangenehmen Zeitgenossen begegnen. Deshalb sollten wir möglichst vorsichtig und klug vorgehen.“ Lina nickte. „Papas Idee, Melanchthon überall hin mitzunehmen, war schon mal richtig gut. Daran sollten wir uns auf jeden Fall halten.“

„Genau“, bekräftigte Michi. „Stellt euch mal vor, er wäre nicht dabei gewesen, als euch der Schlapphutmann überrascht hat! Wahrscheinlich hätte der Hackfleisch aus euch gemacht!“

„Da magst du recht haben.“ Lina dachte einen Moment nach. „Jungs“, sagte sie mit fester Stimme, „das Beste wird sein, ihr beiden geht heute Abend mit Melanchthon alleine los. Ich bleibe hier und halte die Stellung. Mal angenommen – was wir natürlich nicht hoffen –, ihr geratet in Schwierigkeiten und irgendjemand hält euch irgendwo fest, dann kann ich wenigstens Mama und Papa alarmieren, wenn ich den Eindruck habe, ihr kehrt nicht mehr zurück.“

„Schwesterherz, du bist ein helles Köpfchen!“, rief Luca begeistert und fügte augenzwinkernd hinzu: „Und wie selbstlos von dir, freiwillig auf ein so spannendes Abenteuer zu verzichten.“

„So können wir auch unser Versprechen einlösen, das wir Papa gegeben haben: uns nicht mehr als nötig in Gefahr zu begeben“, fand Michi. „Leute, genauso machen wir es. Bei Einbruch der Dunkelheit startet die Expedition Rothstein Teil zwei!“

Kapitel 9

Nächtliche Erkundungen

Fast lautlos schlichen Michi und Luca den Schlossflur entlang und bewegten sich zielstrebig auf den Ausgang zu, der auf der Rückseite des Schlosses ins Freie führte. Luca hoffte, dass sie das Schloss auf diesem Weg unbemerkt verlassen konnten. Schon huschten die beiden Jungen vorsichtig durch den Vorratskeller und tasteten sich bis zur hölzernen Außentür vor. Das Licht durften sie auf keinen Fall anschalten, so viel war klar. Melanchthon folgte ihnen auf Schritt und Tritt und gab keinen Laut von sich. Er war ein intelligentes Tier und spürte, wann er sich ruhig verhalten musste, weil die Situation es erforderte. Luca tastete behutsam nach der Türklinke. Gut, dass er diesen Raum bereits einmal im Dunkeln hatte durchqueren müssen. Da! Schon hatte er das grobe Metall mit seiner Hand fest umschlossen und drückte es nach unten. „So ein Ärger! Die Tür ist verschlossen!“, raunte er fast tonlos. Das hatte ihnen gerade noch gefehlt! Sie steckten in einer Sackgasse! Luca ärgerte sich. Eigentlich hätte er sich denken können, dass die Tür nachts verschlossen wurde. Durch dieses Schlupfloch könnte man ja sonst jederzeit unbemerkt ins Schloss eindringen, was Lina und er bereits einmal unfreiwillig getestet hatten.

„Was nun?", flüsterte Michi zurück. „Sollen wir umkehren?" *Und die Gefahr eingehen, im Schloss entdeckt zu werden?,* dachte Luca bei sich und schüttelte den Kopf. Er seufzte einmal tief und ließ sich resigniert mit dem Rücken gegen die Wand fallen.

In diesem Moment spürte er einen bohrenden Schmerz am rechten Schulterblatt und stieß einen unterdrückten Schrei aus. Blitzschnell drehte er sich um, tastete nach der Ursache und begann, leise zu schimpfen. „Welcher Dummkopf hat denn hier einen Nagel in die ... Michi!!! Ein Schlüssel! Hier hängt ein Schlüssel! Hier, probier mal schnell aus, ob er passt!" Michi nahm den Schlüssel, steckte ihn ins Schloss und – konnte ihn tatsächlich herumdrehen! Erleichtert traten die beiden Jungen ins Freie.

Melanchthon wedelte mit dem Schwanz. Er war offensichtlich froh, frische Luft zu schnuppern. Es war stockdunkel. Die Nebelfetzen, die sich im Laufe des Abends gebildet hatten, hatten sich mittlerweile herabgesenkt und zu dicken Schwaden verdichtet, die dem Mond jede Chance nahmen, die Nacht auch nur ein wenig zu erhellen. *Alles hat Vor- und Nachteile,* dachte Luca bei sich. Natürlich würde ihnen die Orientierung in solch einer dichten Nebelsuppe schwerer fallen. Andererseits waren sie bei einer Witterung wie dieser auch nicht so leicht zu entdecken. Luca musste leise kichern. „In diesem Nebel komme ich mir vor wie Sherlock Holmes in London an der Themse auf der Suche nach dem Bösewicht Professor Moriarty. Und du bist Dr. Watson, mein Gehilfe."

„Na, komm, dann los, Sherlock Rothstein", flüsterte Michi belustigt zurück und deutete in die Finsternis hinaus.

Drei Detektive auf acht Beinen setzten sich in Bewegung, unschlüssig, welche Richtung sie genau einschlagen sollten. Vorsichtig stolperten sie über die unebene Schlosswiese. Die weißen Kieswege schimmerten in der Dunkelheit wie Adern und boten zumindest einen kleinen Anhaltspunkt, wo sie sich in etwa befanden und wohin sie sich bewegen mussten. „Das Einfachste wird sein, wir folgen den Kieswegen. Die führen uns sicher geradewegs zum Verwalterhaus", flüsterte Michi, doch Luca packte ihn am Arm und konnte ihn gerade noch daran hindern, den ersten Schritt auf die Steine zu setzen. „Wenn du unbedingt willst, dass uns der Schlapphutmann und Monsieur Villard auf unserer Nachtwanderung begleiten, dann musst du auf den Kieswegen laufen!", zischte er etwas ungehalten über die Gedankenlosigkeit seines Bruders. „Überleg doch mal, was für einen Krach das macht, wenn der Kies unter deinen Schritten knirscht! Wir dürfen auf keinen Fall Lärm machen! Lass uns einfach seitlich entlang der Wege gehen, ohne sie zu betreten."

Diese Methode erwies sich jedes Mal als schwierig, wenn sie an eine Kieswegkreuzung gelangten. Es blieb ihnen nichts anderes übrig, als Anlauf zu nehmen und mit einem kräftigen Satz über die Wege hinwegzuspringen, um auf eine weitere Rasenfläche zu gelangen. Für den sportlichen Michi war das kein besonderes Hindernis. Anscheinend mühelos erreichte er die andere Seite. Luca dagegen musste sich gehörig anstrengen, um nicht wie ein Sandsack mit einem lauten Krach in den Kies zu plumpsen. Er nahm alle seine Kräfte zusammen und schaffte es jeweils nur ganz knapp. Melanchthon hatte schnell den

Sinn des neuen Hüpfspiels begriffen und überquerte die Wege mit einem eleganten Satz. Luca strich ihm keuchend über den Kopf und flüsterte in sein Schlappohr: „Brav, alter Junge. Aber lass dir nicht einfallen, vor lauter Freude an der Springerei zu bellen, ja?“ So arbeiteten sich die Jungen langsam von Rasenfläche zu Rasenfläche in Richtung Südwesten vor. Es war mühsam, und des Öfteren mussten sie ihren Kurs korrigieren.

Doch ihre Beharrlichkeit wurde belohnt, als in einiger Entfernung die dunkle Silhouette einer Häuserfassade aus dem Nebel auftauchte. Still und unheimlich, fast bedrohlich stand sie da. Für einen Augenblick befürchteten die Jungen, dass ihnen ihr Forscherdrang dieses Mal vielleicht zum Verhängnis werden könnte. Was, wenn sie nun doch entdeckt würden? Wer weiß, möglicherweise waren sie ja einer gefährlichen Bande auf der Spur, die niemanden, den sie einmal in die Finger bekamen, lebend davonkommen ließen! Nein! Luca verbot sich jeden weiteren Gedanken dieser Art – sie würden jetzt nicht mehr umkehren! Wenn sie jetzt kniffen, würde das Rätsel von Schloss Morillion für immer ein Rätsel bleiben. Sie mussten all ihren Mut zusammennehmen. Ein Blick zu Michi hinüber verriet ihm, dass sein Bruder in diesem Moment mit ähnlichen Zweifeln kämpfte.

Umso entschlossener marschierte Luca nun vorwärts. Michi und Melanchthon folgten nur zögernd. Schritt für Schritt näherten sie sich der bedrohlich schwarzen Kulisse des Verwalterhauses. *Gut, dass wir diesen Ort bereits bei Tageslicht unter die Lupe genommen haben,* dachte Luca bei sich. Sicherlich hätten sie sich sonst hoffnungslos in dem dichten Brombeergestrüpp verfangen, das das Gebäude wie Stacheldraht umgab. Zielstrebig steuerten die Jungen die dem Fluss zugewandte Rückseite des Hauses an. Sie wussten, dass sie komplett frei geschnitten und somit gut zugänglich war. Die kleine Tür, die sie dort entdeckt hatten, war ihre einzige Hoffnung, wenn sie wirklich ins Innere dieses Gemäuers gelangen wollten.

Plötzlich begann Melanchthon, der seine Schnauze ständig in Bodennähe hielt, leise zu knurren. Die Jungen blieben wie angewurzelt stehen. Sie hielten den Atem an und horchten in die neblige Nacht. Was hatte Melanchthon gehört oder gerochen? Luca meinte, erkennen zu können, wie sein Hund aufgeregt an den Büschen am Wegesrand schnupperte. Aber obwohl sie sich bemühten, selbst das kleinste Geräusch der Nacht aufzufangen, konnten sie sich Melanchthons plötzliche Aufregung nicht erklären. Wenn sie doch wenigstens etwas sehen könnten! Aber der Nebel drängte sich um sie wie eine Hülle aus Watte. Dennoch – sie hatten keine Wahl. Trotz dieses Warnsignals mussten sie es riskieren. Vorsichtig und fast lautlos begannen sie, sich weiter voranzupirschen, Schritt für Schritt in die neblige Dunkelheit. Es war ein gefährliches Unterfangen, denn Melanchthon ging immer noch wild schnuppernd einer Fährte nach. Wenn sich seine Nase nicht irrte, bedeutete das, dass sie jederzeit von irgendeiner Seite aus dem Nebel heraus angegriffen werden konnten! Es war gruselig. Luca spürte, wie seine Knie weich wurden.

Plötzlich hörte er ein lautes Knacken neben sich und fühlte sich von zwei Armen gepackt. Vor Entsetzen blieb sein Herz fast stehen. Er wirbelt herum und wollte schon zuschlagen, als er schemenhaft die Gestalt seines Bruders erkannte, der in ihn hineingestolpert war. Offenbar war er mit dem Fuß im Brombeergestrüpp hängen geblieben. Luca half Michi, sich wieder aufzurichten, und hielt kurz inne, um seinen Schock zu verdauen.

Als er wieder aufschaute, stieß er seinen Bruder an und deutete nach vorn. Durch den Nebel waren die Umrisse einer Tür zu erkennen! Melanchthon hatte sie bereits entdeckt und lief aufgeregt schnüffelnd entlang des unteren Türspalts hin und her. Schon war Luca auf seiner Höhe und griff nach dem alten, schmiedeeisernen Türknauf. Gleichzeitig wanderte Michis Hand in seine Hosentasche und brachte einen Nagel zum Vorschein, dessen Spitze rechtwinklig umgebogen war. Michi war ein Spezialist im Öffnen von alten Türschlössern und hatte sich bei einem kleinen, unauffälligen Besuch im Gerätekeller des Schlosses ein bisschen eingedeckt. Luca hielt die Luft an und bemühte sich, den Knauf so lautlos wie möglich herumzudrehen. Erstaunlich, wie leicht er sich bewegen ließ! Im nächsten Augenblick erschraken die Jungen jedoch und wichen unwillkürlich einen Schritt zurück, als die Tür mit einem kleinen Satz aufsprang. Wie gebannt warteten sie, ob sie nun von innen weiter geöffnet wurde. Innerlich sahen sie schon die finstere Gestalt des Schlapphutmannes vor sich, der sich im Türrahmen vor ihnen aufbaute und sie bedrohte. Doch nichts geschah. Nur Finsternis und Stille waren um sie herum. Irgendwo im Park schrie ein Käuzchen. Luca schauderte. Insgeheim wünschte er sich, die Tür wäre verschlossen gewesen. Er konnte sich nichts Unheimlicheres vorstellen, als diese dunklen, unbekannten Räume zu betreten, immer mit der Angst im Nacken, dass jemand ihnen dort auflauern und sie niederschlagen könnte.

Aber schon war es zu spät! Melanchthon hatte sich interessiert schnüffelnd durch den Türspalt gezwängt und war im Inneren des Hauses verschwunden. *Oh, Herr, bitte hilf uns jetzt und lass uns nicht im Stich!,* betete Luca innerlich und bewegte sich langsam auf die Tür zu. Michi folgte ihm. Vor lauter Angst, seinen Bruder zu verlieren, hatte sich seine Hand in Lucas Jacke festgekrallt. Schon standen sie inmitten eines dunklen Raumes, vermutlich dem Eingangsbereich des Verwalterhauses. Sie nahmen einen alten Fliesenboden in schwarz-weißem Schachbrettmuster und die Umrisse eines Möbelstücks an der Wand wahr, bei dem es sich um eine Spiegelkommode handeln musste. Ein übler, äußerst modriger Geruch kroch ihnen in die Nase. Diese Hütte war offensichtlich schon längere Zeit unbewohnt. Und wie sollte man auch ein Gemäuer, dessen Fenster mit Gestrüpp zugewachsen waren, noch anständig lüften können? Luca schaute sich suchend um. Zwei Meter neben der Kommode hob sich ein Umriss von der hellen Wand ab, der gut und gerne eine Tür sein mochte. Oder war es ein Schrank? Unsicher steuerte Luca auf die dunkle Fläche zu und befühlte sie. Richtig! Schon hielt er eine Türklinke fest umschlossen, die er wie in Zeitlupe herunterdrückte.

Nur zögernd setzte er den ersten Schritt über die hölzerne Schwelle – seinen Bruder immer noch im Schlepptau – und stand in einem weiteren Raum, in dem sich erneut Finsternis um ihn herum ausbreitete. Instinktiv hatte Michi richtig gehandelt, als er sich an Lucas Jacke hängte. Wenn sie hier in der Dunkelheit die Spur des anderen verlieren würden, ohne sich bemerkbar machen zu können, wäre alles aus! Unwillkürlich hielt das Brüderpaar den Atem an, als die beiden auf leisen Sohlen begannen, den Raum zu erkunden. Sie spürten ein leises Wippen unter ihren Fußsohlen. Der Boden bestand anscheinend aus alten Holzdielen, bei denen besondere Vorsicht geboten war, weil sie schrecklich laut knarren konnten. Luca und Michi kannten sich mit alten Dielenfußböden aus. Zu Hause in Deutschland wohnten sie in einem schönen, historischen Haus, das – so hatte Luca es sich immer eingeredet – deshalb todsicher gegen Einbrüche geschützt war, weil der Fußboden irrsinnig laut knarrte. Kein gescheiter Einbrecher würde sich ein solches Haus aussuchen, wenn er nicht gerade Flügel hatte.

Aber nun waren sie ja selbst die Einbrecher! In diesem Moment stieß Luca mit dem Fuß gegen etwas Leichtes. Es klang wie ein leerer Karton. Luca tastete, was vor ihm stand. Und richtig – es war ein Gebilde aus mehreren festen Kartons und einigen flachen Holzkisten. Manche von ihnen waren leer; andere wiederum waren so schwer, dass man sie mit dem Fuß nicht bewegen konnte. Daneben lag ein Haufen aus undefinierbarem, filzähnlichem Stoff – vielleicht ein paar alte Decken. Spontan zog Luca seine Hand zurück, als wollte der Deckenstapel nach seiner Hand schnappen. Er schaute sich um und steuerte behutsam die andere Seite des Zimmers an, eine klobig wirkende Sitzgruppe geschickt umschiffend. Etwas Dunkles tauchte vor ihnen auf, das sich als ein Durchgang in einen weiteren Raum entpuppte, in den sich das Brüdergespann weiter vorarbeitete. Doch was war das? Luca spürte eine andere Atmosphäre in diesem Raum. Er fühlte förmlich die Anwesenheit eines Dritten. Seine Magengegend begann sich zu melden. Er spitzte die Ohren und meinte, ein regelmäßiges Atmen hören zu können.

Und dann geschah etwas, das ihnen das Blut in den Adern gefrieren ließ: Ein lautes Jaulen zerriss jäh die Stille! Luca begriff sofort, was passiert war, warf sich auf die Knie und umklammerte seinen armen Hund Melanchthon fest. Er war ihm einfach auf die Pfote getreten! Hätte er doch mehr auf das geachtet, was direkt vor seinen Füßen war! Jetzt wusste es auch das letzte Schlossgespenst, dass Luca und Michi Rothstein sich einbildeten, unbemerkt in ein fremdes Haus einsteigen zu können. Er hielt gleichzeitig Michi und Melanchthon so fest umklammert, dass weder der eine noch der andere irgendein Jaulen hätte von sich geben können. Zusammengeschnürt wie ein Paket und am Boden kauernd verharrten sie einige Minuten, bis sich ihr Puls langsam wieder beruhigt hatte. Nichts, kein einziger Laut drang aus der Dunkelheit an ihre Ohren. Vielleicht war es noch einmal glimpflich abgegangen, und niemand hatte ihre Anwesenheit bemerkt. Langsam wich die Angst aus ihren vor Schreck starren Gliedern, und ihr Denken setzte wieder ein. Warum war Melanchthon erst so schnell verschwunden gewesen, und warum saß er dann wie angewurzelt und mucksmäuschenstill auf ein und demselben Fleck und ließ sich seelenruhig auf die Pfote treten?

Da bemerkte Luca, dass sein Hund wieder aufgeregt und wild den Fußboden zu beschnüffeln begann. Er befühlte die Stelle, die Melanchthon so treu gehütet hatte, konnte aber zunächst nichts weiter ertasten als den gewöhnlichen Dielenboden, mit dem der ehemalige Wohnbereich des Hauses ausgestattet war. Doch halt! Jetzt fühlte er etwas Festes, Kratziges! Ja, hier lag offenbar ein Teppich! Luca fuhr mit den Händen die Kanten entlang und schätzte ihn auf eine Länge von vielleicht einen Meter fünfzig. Merkwürdig! Melanchthon wurde immer wilder. Immer aufgeregter versuchte er, mit seiner Schnauze den Teppich anzuheben. Sollte etwa am Ende ...? Langsam rollte Luca den alten Teppich auf und hatte dabei den Eindruck, den Staub der letzten hundert Jahre einzuatmen. Tatsächlich! Ein Volltreffer! Ihr schlauer Hund hatte sie zu einer verborgenen Falltür im Fußboden geführt!

Vorsichtig tastend machten sich die beiden Jungen daran, den Schließmechanismus zu erkunden. Michi wurde als Erster fündig, und mit einiger Anstrengung schafften es die Brüder, die schwere Bodenluke von der Öffnung zu heben. Eine dunkle, modrig riechende Grube tat sich vor ihnen auf. Ein Abgrund, der sich noch eine Spur schwärzer von der Finsternis um sie herum abzuheben schien. Den Jungen lief ein Schauer über den Rücken bei dem Gedanken, in das finstere Loch hinabsteigen zu müssen, ohne eine Spur von Licht und ohne die geringste Ahnung, ob ihnen diese Grube nicht zum düsteren Gefängnis werden könnte. Während Luca noch grübelnd am Rand des Loches hockte, hatte Michi bereits Nägel mit Köpfen gemacht und landete mit einem dumpfen Geräusch auf dem Boden der Grube, gefolgt von Melanchthon, der überglücklich war, sich weiter entlang seiner Fährte schnüffeln zu dürfen. Luca zögerte. Zwar war er der schlaueste Kopf der Geschwister, aber dafür war er leider auch die Unsportlichkeit in Person. Todsicher würde er sich ein Bein oder einen Arm brechen. Dann war er eine leichte Beute für jeden Gauner, der hier ein und aus ging. Einen Moment lang dachte er daran, einfach zurück zum Schloss zu laufen. Doch konnte er seinen Bruder hier allein lassen? Jetzt, wo sie schon so weit gekommen waren? Es half nichts, er musste in das dunkle Loch hinunter!

Luca setzte sich auf die Kante des Fußbodens, holte tief Luft und ließ sich ins Unbekannte hinabgleiten. Ein stechender Schmerz durchzuckte seinen rechten Oberschenkel, als er auf der feuchten Erde landete. Der Schacht war unerwartet tief. Wie sollten sie da nur wieder herauskommen, so ganz ohne Licht und ohne irgendeine Kletterhilfe? Luca verbot sich jeden Gedanken daran. Jetzt ging es erst einmal vorwärts, vorwärts auf der Suche nach dem Geheimnis dieses immer unheimlicher wirkenden Schlossgeländes. Er richtete sich auf und rieb sich sein Bein. „Luca, alles in Ordnung bei dir?“ Zum ersten Mal seit einer halben Stunde wagte Michi, ein leises Wispern von sich zu geben, jetzt, wo sie in einer Grube saßen, aus der sie ohne fremde Hilfe sowieso nicht mehr herauskommen würden. „Es geht schon wieder“, raunte Luca zurück. Er blickte sich um und sah nur Schwarz.

Plötzlich erschrak er. Ihr Hund hatte sich von ihrer Seite gelöst und war schon wieder verschwunden! Moment, aber das bedeutete ja ... Diese Grube war offenbar nicht die Endstation ihrer Reise. „Los, komm, Michi!“ Luca zog ihn flüsternd am Ärmel. „Ich bin mir sicher, dass es hier irgendwo einen Gang gibt, durch den der Weg weiterführt und in dem Melanchthon schon schwanzwedelnd spazieren geht!“ Mit ausgestreckten Armen tastete er sich Schritt für Schritt nach vorne und spürte schon bald einen Widerstand: die lehmige Grubenwand. Nun bewegten sich die beiden Jungen seitlich entlang der Wand, bis sie auf ein Loch stießen, das sich in Brusthöhe vor ihnen auftat. Luca hatte recht behalten. Hier gab es tatsächlich einen unterirdischen Gang, der sie aus ihrem Gefängnis befreien könnte. Nur wohin führte der? Sollten sie es wirklich wagen, durch solch einen finsteren, schmutzigen Schacht ins Ungewisse zu kriechen? Vielleicht war das Ganze ja nur eine Falle, und Hugo Villard freute sich schon darauf, sie gefangen zu nehmen und sie für immer daran zu hindern, ihre Nachforschungen weiterzuführen!

Wieder war es Michi, der etwas mehr Mut bewies als sein Bruder. Mit einem Satz verschwand er in der Öffnung. Auch Luca blieb nichts anderes übrig, als sich ächzend an der Grubenwand hoch über die Kante zu ziehen, bis er bäuchlings in der Matsche lag. Er spürte feuchte, modrig riechende Erde und nahm die Geräusche, die sein langsames Vorwärtsrobben verursachte, nur noch sehr gedämpft wahr. Grauenvoll, daran zu denken, dass so ein Tunnel auch einmal einstürzen könnte! Die keuchenden Atemzüge seines Bruders wirkten etwas beruhigend auf Luca. Wenigstens war er nicht allein! Was jetzt auch passieren würde, er würde es zusammen mit seinem Bruder und mit Gottes Hilfe durchstehen!

Er wusste nicht mehr, wie lange sie wie die Maulwürfe durch diese Lehmröhre gekrochen waren. Jedoch kam es Luca wie eine Ewigkeit vor, bis er plötzlich hörte, wie Michi leise durch die Zähne pfiff. Schnell und geschickt drehte sich dieser einmal um hundertachtzig Grad herum und ließ sich aus dem Tunnelloch in eine Grube hinabfallen. „Komm, Luca, es geht ganz leicht“, machte er seinem Bruder flüsternd Mut. Für Luca gestaltete sich die Aktion etwas schwieriger, denn er verfügte über etwas mehr Körpergewicht als sein Bruder, das er aus dem engen Tunnel bugsieren musste. Schließlich gelang es aber auch ihm, sich aus der Öffnung des Ganges herauszuwinden. Keuchend landete er neben Michi und Melanchthon, als sein Bruder ihn energisch am Arm packte und nach oben zeigte.

Über ihnen klaffte eine rechteckige Öffnung, aus der eine kleine Leiter hinausführte. Offenbar waren sie wieder in einem Gebäude gelandet! Luca schauderte. Die geöffnete Falltür konnte nur bedeuten, dass erst kürzlich jemand hier gewesen war! Vielleicht hielt sich dieser Jemand sogar in ihrer unmittelbaren Nähe auf! Luca mochte gar nicht weiterdenken, denn einen Ausweg gab es nicht. Sie konnten umkehren, ja, sie konnten zurück durch den Tunnel kriechen. Aber wie kamen sie auf der anderen Seite wieder heraus? Hier stand wenigstens eine

Leiter. Und jetzt so kurz vor dem Ziel aufgeben? Nein, unmöglich! Michi forderte seinen Bruder mit einer Kopfbewegung dazu auf, ihm die Leiter hinaufzufolgen.

Lautlos entstiegen die drei der finsteren Grube und fanden sich in einem kleinen Raum ohne Fenster und Möbel wieder. Die Tür stand einen Spalt offen. Ein schwacher, kaum wahrnehmbarer Lichtschein drang durch den winzigen Türspalt. Eine schreckliche Ahnung beschlich die Kinder. Sie hatten Angst. Moment, war das nicht ein Geräusch? Die Geschwister standen wie erstarrt und lauschten. Da! Da hörten sie es wieder! Nein, das war nicht bloß ein Geräusch! Lucas Denken versagte, so sehr setzte sich der Schrecken in jeder Faser seines Körpers fest. Das waren menschliche Stimmen! Leise zwar, aber doch deutlich zu erkennen. Jetzt saßen sie in der Falle! Verzweifelt blickten die Kinder in die Runde. Kein Fenster, aus dem sie hätten hinaussteigen können! Kein Schrank, der als Versteck dienen könnte! Zurück in den Tunnel? Es gab wohl keine grausamere Vorstellung als die, von irgendwelchen Gaunern durch einen engen Tunnel gejagt zu werden, in dem man ohnehin das Gefühl hatte, jeden Moment ersticken zu müssen. Luca nahm all seinen Mut zusammen und machte einen Schritt auf die Tür zu. Der Blick durch den Türspalt brachte ihm die schreckliche Gewissheit:

Es waren Hugo Villard und der Schlapphutmann, genau die beiden Personen, denen sie am wenigsten hatten begegnen wollen! Das Blut hämmerte gegen seine Schläfen. Er begann, am ganzen Körper zu zittern. Im schwachen Lichtschein einer Kerze konnte Luca nur andeutungsweise erkennen, dass die beiden Männer irgendwelche Gegenstände aus Kartons heraushoben und in flache Holzkisten verpackten. Dabei sprachen sie leise miteinander, jedoch verstand Luca kein einziges Wort, weil sie sich auf Französisch unterhielten. Insgeheim hoffte er, dass Michi das eine oder andere Wort aufschnappen konnte. Die Männer schienen zu beschäftigt, um die ungebetenen Gäste zu bemerken, zumal sich die Jungen im Schutz der Dunkelheit befanden. Je länger Luca den beiden bei ihrem rätselhaften Tun zusah, desto stärker trieb ihn seine Neugier. Was taten sie Geheimnisvolles? Und warum nachts, also dann, wenn sie sich sicher sein konnten, dass keiner sie dabei beobachtete?

Wenn er doch noch etwas näher herankommen und erkennen könnte, was es genau war, das die Männer umpackten! Jetzt war die Gelegenheit! Er musste es versuchen! Vorsichtig griff er nach der Klinke und wollte die Tür ein wenig weiter öffnen. Doch da geschah es! Das Grauenhafte, das nicht hätte geschehen dürfen! Die alten Scharniere gaben ein lautes, nicht zu überhörendes Knarren von sich, das das Flüstern der Männer übertönte! Luca und Michi stockte der Atem. Luca wich unwillkürlich einen Schritt zurück. Für einen Moment konnten sie keinen Gedanken fassen. Wie der Blitz wirbelten Hugo Villard und der Schlapphutmann herum. Ihre Blicke richteten sich kampfeslustig auf den offenen Türspalt.

Kapitel 10

Zwei Brüder in der Falle

Lina lag unter ihrer warmen, kuscheligen Bettdecke und starrte in die neblige Nacht hinaus. Obwohl sie sehr müde war, konnte sie beim besten Willen nicht einschlafen. Nicht jetzt, wo ihre Brüder irgendwo draußen im dunklen Schlosspark herumirrten und versuchten, das unheimliche Verwalterhaus zu erkunden. Wo mochten sie wohl gerade sein? Ob sie schon etwas herausgefunden hatten? Lina sah die beiden in Gedanken vor sich und musste lächeln. Auf Lucas klugen, strategisch denkenden Kopf war immer Verlass, und Michi hatte den Geschwistern durch sein sportliches Können und technisches Geschick schon oft im entscheidenden Moment weiterhelfen können. Sie sah wieder aus dem Fenster. Mann, war das finster draußen! Hoffentlich fanden die beiden sich überhaupt in dieser dunklen Nebelsuppe zurecht! Obwohl sie sich hier im Warmen in ihr gemütliches Bett kuscheln konnte, war ihr doch etwas mulmig zumute, so ganz allein ohne ihre Brüder.

Halt! Lina hielt inne und horchte. Sie hatte ein Geräusch gehört, das hallend zu ihr heraufklang. Das Geräusch wurde deutlicher. Lina erkannte, dass es Schritte waren, die sich langsam näherten. Sie hielt den Atem an. Schon klopfte jemand an die Tür. Im nächsten Augenblick ging sie auf. Erleichtert erkannte Lina die zierliche Gestalt ihrer Mutter. „Kinder, schlaft ihr schon?“ Greta Rothstein betastete die Wand neben der Tür und schaltete das Licht an. Verwundert blickte sie im Zimmer umher und sah ihre Tochter fragend an. „Lina, warum bis du allein? Was hat das zu bedeuten?“

Lina druckste etwas herum und überlegte, wie sie es ihrer Mutter beibringen könnte, ohne dass die sich allzu viele Sorgen machte. „Ach, weißt du, Mama“, begann sie gedehnt, „Luca und Michi stellen gerade noch ein paar Nachforschungen im Schlosspark an. Sie wollten mal das Verwalterhaus ein bisschen unter die Lupe nehmen.“ Sie bemühte sich, möglichst unbekümmert dreinzublicken. Und weil ihre Mutter skeptisch die Stirn in Falten zog, fügte sie noch schnell hinzu: „Wirklich, Mama, sie haben sich das gut überlegt und begeben sich bestimmt nicht leichtsinnig in Gefahr. Ganz so, wie wir es euch versprochen haben. Deshalb bin ich auch hier im Schloss geblieben, um Hilfe holen zu können, falls die Jungs gar nicht mehr wiederkommen sollten. Und Melanchthon haben sie auch für alle Fälle mitgenommen. Beruhigt dich das jetzt ein bisschen?“ Greta Rothstein atmete tief durch und strich ihrer Tochter übers Haar.

„Na ja, vielleicht ein bisschen. Aber immerhin scheint es ja kein bloßer Spaziergang zu sein, den man auch tagsüber unternehmen könnte, oder?“ Sie seufzte. „Aber ich bin froh, dass ihr euch an unsere Abmachungen gehalten habt. Gut, dass wir euch vertrauen können, Kinder, sonst würde ich hier nachts gar kein Auge mehr zutun. Wie lange sind die beiden denn schon unterwegs?"

„Ooch, so ungefähr eine Stunde", entgegnete Lina leichthin mit Blick auf ihre Armbanduhr. Sie versuchte, ihre innere Unruhe vor ihrer Mutter zu verbergen. In Wirklichkeit machte sie sich schreckliche Sorgen um Luca und Michi.

„Komm, Lina, dann lass uns wenigstens noch für die beiden beten, ja?" Lina nickte und lächelte ihre Mutter dankbar an. Die beiden falteten die Hände und baten Gott um Schutz und um Führung für Luca und Michi. „Lina?", fragte Greta Rothstein, als sie geendet hatten. „Was hältst du davon, wenn ich meinem Mädchen hier ein bisschen Gesellschaft leiste, bis die Herren Detektive von ihrer nächtlichen Ermittlungstour zurückgekehrt sind?"

Linas Miene erhellte sich. „Ehrlich gesagt, Mama, hatte ich mich nicht getraut zu fragen, weil ich nicht zugeben wollte, dass ich mich ja doch ein bisschen fürchte." Die Mutter gab ihr grinsend einen Stups auf die Nase.

„Du bist zwar eine gute Schauspielerin, aber nicht gut genug, um deine Mama an der Nase herumzuführen. Gute Nacht, mein Schatz." Und mit einem Satz war sie schon in Michis Bett bis zum Kinn unter der Bettdecke verschwunden.

In Lucas Kopf begann sich nun alles wie wild zu drehen, und seine kleinen grauen Zellen arbeiteten wieder auf Hochtouren. Jetzt bloß keinen Fehler machen! Jeder Handgriff musste sitzen. Um keinen Preis der Welt durften sie in die Fänge dieser beiden Gesellen geraten! Bestimmt würden die nicht davor zurückschrecken, mal eben ein paar Kinder über die Nottreppe und die Wasserstraße vom Schlossgelände verschwinden zu lassen. Luca beobachtete aus dem Dunkel heraus, dass die Männer langsam näher kamen. Noch konnten sie die Jungen nicht sehen. Lucas Gedanken ratterten. Auf keinen Fall durften die Männer sie in diesem kleinen Raum ohne Fenster und ohne irgendwelche anderen Fluchtwege überraschen. Aber wie sollten sie aus dieser Sackgasse entkommen? Ja, das war's! Das war die Idee!

Er griff seinen Bruder am Arm und zog ihn hinter sich her. Gemeinsam positionierten sie sich direkt neben der Tür mit dem Rücken zur Wand. Lucas Herz überschlug sich. Keiner wagte es, Luft zu holen. In diesem Moment wurde die Tür aufgerissen, und die beiden Männer betraten den Raum. Bevor sie die beiden Jungen entdecken konnten, schlüpften Luca und Michi wie zwei geölte Blitze hinter ihnen durch die Tür. Luca stieß einen lauten Schrei aus: „Fass, Melanchthon, fass!" Die Männer fuhren herum und funkelten die beiden Jungen böse an. Die wilden Flüche, die sie auf Französisch ausstießen, blieben ihnen im Hals stecken, als sich ein großer Hund aggressiv bellend auf sie stürzte und beiden zunächst mal einen saftigen Wadenbiss verpasste. Verwalter und Schlapphutmann heulten wütend auf und waren für eine Sekunde abgelenkt.

Diesen günstigen Moment nutzten die Jungen aus. Ihre verzweifelten Blicke suchten den schwach erleuchteten Raum hastig nach einer Fluchtmöglichkeit ab. Da! Dort hinten erkannten sie eine Tür! Ja, sie erinnerten sich. Das war doch die Werkstatt, die sie vorgestern von außen untersucht hatten. Luca hatte dabei einen Blick durchs Fenster geworfen und meinte jetzt, die Eingangstür wiederzuerkennen. Sie mussten es wagen! Wie die Wilden stürzten die beiden Brüder auf die Tür zu und warfen sich dagegen, während Melanchthon offenbar Gefallen daran gefunden hatte, ein paar Hosenbeine zu zerfetzen und abwechselnd nach Händen zu schnappen, die nach ihm greifen wollten.

Und tatsächlich! Die Tür öffnete sich mit einem Krachen. Luca und Michi stolperten ins Freie. Als Luca sich umdrehte und Melanchthons Namen brüllte, sah er mit Entsetzen, dass es höchste Zeit wurde. Der Schlapphutmann hatte soeben ein Messer aus seinem Gürtel gezogen und wollte damit auf Melanchthon einstechen, als sich der Hund mit einem eindrucksvollen Wutgebell umdrehte und durch die Ausgangstür preschte. Jetzt gab es nur noch eins: Rennen, was die Beine und die Lungenflügel hergaben! Glücklicherweise hatte Melanchthon die Männer durch die gründlichen Wadenbisse so weit lahmgelegt, dass sie die Jungen nicht mehr mit voller Geschwindigkeit verfolgen konnten. Der Schock und das Glücksgefühl, den beiden Gaunern noch einmal entkommen zu sein, verliehen den Jungen Flügel. Luca vergaß sogar, dass er eigentlich unsportlich war. Sie nahmen ihre Beine in die Hand und rannten um ihr Leben – rannten und rannten durch den Nebel, ohne genau zu wissen, ob sie wirklich geradewegs auf das Schloss zusteuerten. Aber egal, Hauptsache erst einmal weg von der Werkstatt, weg von Hugo Villard und Monsieur Schlapphut, die ihnen sicherlich auf den Fersen waren. Denn jetzt wussten Luca und Michi, dass diese Kerle etwas zu verbergen hatten. Schon sahen sie die ersten Kieswege in der Dunkelheit schimmern! Sie liefen in die richtige Richtung! *Los, weiter, jetzt nicht schlappmachen!,* spornte Luca sich selbst an.

Die feuchte, neblige Luft drückte auf seine Lunge und schmerzte beim Atmen. Die Angst trieb die Jungen jedoch weiter, weiter in Richtung Schloss. Sie keuchten, sie kämpften, sie flogen fast. Da! Etwas Riesiges, Schwarzes hob sich langsam von der weißen, nebligen Kulisse vor ihnen ab! Endlich! Das Schloss! Näher und näher trat es aus dem Dunst heraus. Jetzt nur noch die Tür finden, schnell, bevor die Männer den Vorsprung noch aufholen konnten! Melanchthon flog wie ein Pfeil voraus und steuerte zielsicher auf die kleine Eingangstür zu. Luca und Michi fielen gleich zehn Steine vom Herzen, als sie zur Tür hereinstürzen, diese hinter sich zuwerfen und den Schlüssel im Schloss herumdrehen konnten. Geschafft!

Erschöpft und völlig außer Atem wollte sich Luca auf den Boden fallen lassen, als Michi ihn wieder hochriss: „Luca, wir dürfen hier keine Zeit verlieren! Komm, die Männer wissen, dass wir diesen Weg ins Schloss nehmen müssen, weil wir zu den anderen Türen keinen Schlüssel haben. Sie werden einen anderen Eingang benutzen und versuchen, uns hier abzufangen. Los, nichts wie weg hier und ab in unser Zimmer, schnell!“ Mit einem Satz hechtete er auch schon die Stufen hinauf. Luca folgte ihm, so schnell seine müden Beine ihn noch tragen konnten. Eine Minute später fielen die beiden erschöpften Brüder keuchend durch die Tür ihres Zimmers und drehten mit letzter Kraft den Schlüssel im Türschloss herum.

„Michi! Luca!“ Lina war von dem Gepolter aus ihrem ohnehin nur unruhigen Schlaf gerissen worden und hatte ihre Nachttischlampe angeknipst. Mit einem Satz sprang sie aus dem Bett und warf sich den beiden lehmverschmierten Gestalten, die noch halb benommen am Boden knieten und nach Luft rangen, um den Hals. Greta Rothstein lugte etwas verschlafen über den Bettdeckenrand. Aber als sie begriffen hatte, was vor sich ging, war auch sie schnell auf den Beinen und begrüßte ihre Jungs voller Erleichterung und mit einer herzlichen Umarmung. „Mann, Michi, Luca, wir haben uns Sorgen um euch gemacht!“ Linas Worte überschlugen sich. „Und wie seht ihr überhaupt aus? Warum habt ihr euch die halbe Lunge aus dem Leib gekämpft? Kommt, erzählt schon!“ Luca richtete sich langsam auf und ließ sich unter lautem Ächzen auf den nächsten Stuhl fallen.

Als sie wieder einigermaßen atmen konnten, begannen sie, abwechselnd ihre Erlebnisse der Nacht zu schildern. Jetzt, wo sie das Ganze noch einmal der Reihe nach bedachten und erzählten, wurde ihnen das Ausmaß der Gefahr deutlich, in die sie sich begeben hatten. Greta Rothstein blickte in Gedanken versunken und sehr besorgt von einem zum anderen. Vor ihrem inneren Auge lief ein Film ab. Sie sah förmlich vor sich, was alles hätte passieren können. Es schnürte ihr die Kehle zu. War es ein Fehler gewesen, hierherzukommen? Hätte sie die Zügel etwas fester halten und ihren Kindern die weiteren Nachforschungen verbieten sollen? Sie musste ihnen noch einmal in aller Ruhe ins Gewissen reden, doch sie entschied sich dafür, es auf später zu verschieben, wenn sich die Gemüter etwas beruhigt hatten. Sie verabschiedete sich mit einem Kuss von jedem ihrer Kinder und ging selbst zu Bett.

Luca und Michi sanken zum Umfallen müde und wie betäubt in ihre Betten. Dabei wanderten ihre Gedanken noch einmal zu Monsieur Villard und dem Schlapphutmann. Als ihnen bewusst wurde, dass sie in den nächsten Wochen jederzeit damit rechnen mussten, den beiden wieder zu begegnen, schwappte ein letztes Mal eine Welle der Angst über sie hinweg. Und dann fielen sie in einen sehr tiefen und sehr festen Schlaf.

Kapitel 11
Picknick mit Romulus und Remus

Der nächste Tag war ein Sonntag. Beim Frühstück waren die drei Rothstein-Kinder nicht so munter und voller Tatendrang wie sonst. Auch Greta Rothstein kaute ein wenig geistesabwesend auf ihrem Baguette herum. Johannes Rothstein bemerkte es zwar, maß dem jedoch nicht so viel Bedeutung bei, denn seine Gedanken kreisten gerade um ein interessantes Dokument, auf das er am Tag zuvor in der Bibliothek in St. Tremière gestoßen war. Gleichwohl versuchte er, die Stimmung seiner Familie in die übliche, aktive Form zu bringen: „Kinder, was haltet ihr davon, wenn wir heute mal etwas als Familie unternehmen?" Ein einheitliches, etwas unschlüssiges „Hmmm" erklang, doch er ließ sich nicht davon beirren und fuhr betont heiter fort: „Wir könnten doch unsere gute Madame Villard bitten, dass sie uns für heute Mittag einen Picknickkorb packt. Wir wandern mal ein bisschen über das Schlossgelände und ...", er überlegte kurz, „ ... und ich gebe euch eine kleine Museumsführung durch den schönen Statuengarten. Eine winzige Exkursion zum Thema griechischer und römischer Sagen sozusagen!“ Er zwinkerte seinen drei immer noch etwas schlapp dasitzenden Nachwuchsdetektiven grinsend zu. Das gedehnte „Ooch ja, können wir ja machen“ war zwar nicht das Maß an Begeisterung, das er sich für eine private Geschichtsunterrichtsstunde gewünscht hätte, aber er fand, dass man mit diesem Fünkchen Grundinteresse durchaus etwas anfangen konnte. Beschwingt erhob er sich und verabschiedete sich mit den Worten „Ich kläre den Speiseplan mal mit unserer freundlichen Küchenleitung ab“ in die Schlossküche. Die Kinder atmeten tief durch, und Luca kämpfte ein bisschen mit seinem schlechten Gewissen. Normalerweise wären sie begeistert über die Idee gewesen, ein Familienpicknick zu machen, durch den Park zu toben und ein paar Sachen aus der griechischen Sagenwelt zu erfahren. Wenn ihr Vater einen solchen Ausflug in die Vergangenheit mit ihnen machte, war das niemals langweilig, im Gegenteil. Er konnte spannend erzählen, und seine Begeisterung für geschichtliche Zusammenhänge sprang auf jeden über, der ihm zuhörte. Hoffentlich hielt er ihre Zurückhaltung nicht für mangelndes Interesse!

„Können wir denn, ich meine …“, unterbrach Lina als Erste die Stille, „wenn wir heute über das Schlossgelände gehen, einfach so, als wäre nichts gewesen. Vielleicht begegnen wir einem von den beiden, ihr wisst schon.“ Ängstlich blickte sie in die Runde.

Nun nutzte Greta Rothstein die Gelegenheit, die Geschehnisse der vergangenen Nacht noch einmal aufzugreifen. „Ich verstehe eure Angst, Kinder, und ich muss gestehen, dass mir auch sehr unwohl ist bei dem Gedanken, dass hier merkwürdige Dinge vorgehen, denen ihr so halbwegs auf die Schliche gekommen seid. Ich weiß natürlich auch nicht, was passieren wird, wenn wir diesen beiden Männern begegnen, aber eines weiß ich sicher: Wenn ihr mit Papa und mir zusammen seid, werden sie euch nichts tun. Deshalb denke ich, dass wir dieses Picknick ruhig machen sollten. Ich glaube auch, dass es schön werden wird. Aber ..." Sie machte eine kurze Pause und sah ihre Kinder ernst an.

„Aber für die Zukunft werden wir uns etwas anderes überlegen müssen, um für eure Sicherheit zu sorgen. Ihr werdet euch in nächster Zeit nur noch mit Papa oder mir auf dem Gelände aufhalten dürfen, so leid es mir für euch tut. Aber die Situation scheint mir in der Tat gefährlich zu sein. Ich denke, dass ihr auf der richtigen Spur seid. Deshalb dürft ihr jetzt nichts mehr riskieren. Wenn ihr also irgendwelche weiteren Schritte unternehmen wollt, sprecht sie mit uns ab, damit einer von uns euch begleiten kann. Einverstanden?"

„Ja, Mama, einverstanden", kam es wie aus einem Mund, wenn auch ein wenig niedergeschlagen. Tolle Aussichten, ab heute immer mit einem Aufpasser über das Gelände streifen zu müssen. Aber sie wussten genau, dass ihre Mutter recht hatte, und ehrlich gesagt war ihnen das lieber, als dem Schlapphutmann oder Monsieur Villard noch einmal allein in die Arme zu laufen und zu französischen Hackfleischbällchen verarbeitet zu werden.

Gegen Mittag schlenderten Luca, Lina und Michi zusammen mit ihren Eltern, einem riesigen Picknickkorb, einem Bocciaspiel und Melanchthon in den Schlosspark. Die Sonne legte sich warm auf ihre Gesichter. Ab und zu meldete sich eine Windböe wahrscheinlich aus purer Sorge, den Kindern könnte zu heiß werden. Es war richtig idyllisch. *Komisch,* dachte Lina und kicherte in sich hinein, *man sieht es dem Schlosspark gar nicht an, dass er manchmal zur Bühne für gruselige Theaterstücke werden kann.* Langsam begannen die Ereignisse der letzten Nacht in den Köpfen der Geschwister in den Hintergrund zu wandern.

Im Sonnenschein schimmerten die Figuren im Statuengarten wie milchiges Glas und wirkten noch künstlicher in die Landschaft gestellt als sonst. Auf steinernen Sockeln thronten sie hoch über der kreisförmigen Anlage. Niedrige, fein säuberlich geschnittene Buchsbaumhecken umsäumten eine Ansammlung von Kiesbeeten, die um zwei breite, sich kreuzende Wege herum symmetrisch angeordnet waren. Lina betrachtete die Anlage nachdenklich und neigte den Kopf etwas zur Seite. „Ich wette, das Ganze ergibt ein schönes Muster, wenn man über den Schlosspark hinwegfliegt und es von oben betrachtet."

„Da könntest du durchaus recht haben, Lina", pflichtete ihr Greta Rothstein bei. „Viele historische Gärten sind in geometrischen Formen angelegt. Aber dieser hier ist ein besonders schönes Exemplar. Ich wette, er sieht von oben aus wie eine Rosenblüte." Johannes Rothstein hatte sich inzwischen auf einer der Bänke niedergelassen, von der aus man die Statuen hervorragend betrachten konnte. Michi und Luca setzten den Picknickkorb mit einem knirschenden Geräusch neben der Bank in den Kies.

Ihr Vater schaute sich um und rieb sich voller Tatendrang die Hände: „Na, Kinder, welche Geschichte wollt ihr denn zuerst hören?" Unschlüssig sahen sich die Kinder um. Die Szene mit den drei Männern, die gerade von den Riesenschlangen erwürgt wurden, sah ja schon ein bisschen gruselig aus. Aber der Hund mit den Babys? Der Mann mit der Frauenfigur in der Hand? Michi deutete auf den Mann mit den Flügeln auf dem Rücken: „Kannst du mit der Fliegereigeschichte anfangen, Papa? Ich glaube, die interessiert mich am meisten!"

„Also, dieser heldenhaft aussehende Herr ist eine Figur aus der griechischen Sagenwelt und heißt Dädalus. Schon mal gehört?"

„Ich weiß nicht", überlegte Luca, „ich habe schon mal von einem Mann gehört, der fliegen wollte, aber der hatte auch noch seinen Sohn dabei."

„Richtig, Luca", freute sich Johannes Rothstein. „Hier ist auch nur der Vater Dädalus dargestellt. Sein Sohn spielt auch eine wichtige Rolle, er hieß Ikarus. Aber ich erzähle euch besser mal alles der Reihe nach: Dädalus war ein berühmter Techniker und Bildhauer der Antike. Ihm wird beispielsweise der Bau der ersten großen Statuen zugeschrieben.

Auf der griechischen Insel Kreta herrschte der König Minos. Dädalus baute für diesen König Minos ein gewaltiges, sehr verschachtelt angelegtes Labyrinth. Man nannte es das Labyrinth des Minotaurus, weil es einmal als Gefängnis für den Minotaurus diente, einer Sagengestalt mit menschlichem Körper und einem Stierkopf. In dieses Labyrinth sperrte Minos auch den in Ungnade gefallenen Dädalus zusammen mit seinem Sohn Ikarus ein.

Aber Dädalus war zu schlau für König Minos und ersann einen Fluchtplan für sich und seinen Sohn: Da er wusste, dass er über den Seeweg nicht hätte entkommen können, weil König Minos alle Schiffe kontrollierte, die in Kreta anlegten oder die Insel verließen, wählte er den Luftweg. Zwar gab es damals, als man diese Sage erstmals niederschrieb, noch keine Flugzeuge, und es konnte auch kein Mensch ahnen, dass es je welche geben würde. Doch Dädalus war ja ein begabter Techniker. So konstruierte er zwei Gestelle für Ikarus und für sich selbst, an denen er Vogelfedern mit Wachs befestigte. Dann stiegen die beiden auf einen Felsen, und kurz vor dem Start gab Dädalus seinem Sohn Ikarus noch eine kurze Gebrauchsanweisung für die Flügelkonstruktion. Vermutlich wusste er, dass Ikarus leicht übermütig werden konnte. Deshalb warnte er ihn davor, zu dicht über den Wellen zu fliegen, damit die Flügel sich nicht voll Wasser saugen konnten. Außerdem ermahnte er Ikarus, der Sonne nicht zu nah zu kommen, weil die Hitze ihrer Strahlen das Wachs schmelzen konnte. Nun sprangen Vater und Sohn ab und glitten wie die Vögel über das offene Meer. Doch es kam, wie es kommen musste. Wie Dädalus schon befürchtet hatte, packte seinen Sohn der Übermut: Er wagte sich zu nah an die Sonne heran. Das Wachs schmolz, die Federn lösten sich vom Gestell, und Ikarus stürzte in die Tiefe. Dädalus trauerte um Ikarus und nannte die Insel, auf der er ihn begrub, zu seinem Gedenken Ikaria. Bis heute ist die Figur des Ikarus ein warnendes Beispiel dafür, wozu jugendlicher Leichtsinn führen kann!“

Er schaute seine Kinder ernst von der Seite an und hoffte in diesem Moment inständig, die drei Detektive würden sich bei ihren Ermittlungen nicht von ebendiesem jugendlichen Übermut leiten lassen, sondern besonnener und vorsichtiger vorgehen. Aber er dachte es nur, er sagte es nicht.

Michi schien nicht ganz überzeugt zu sein. „Aber Papa, so viele Menschen haben versucht, sich Flügelgestelle zu bauen, und haben das entweder nicht überlebt oder sind irgendwie anders gescheitert!“ Johannes Rothstein lachte.

„Das ist ja auch keine wahre Geschichte, sondern nur eine Sage, du Schlaumeier!“

„Also, Papa, wenn du mir versprichst, die Grausamkeiten nicht in allen Einzelheiten zu erzählen, darfst du jetzt mit der Geschichte über die Riesenwürgeschlangen weitermachen." Lina zwinkerte ihrem Vater lächelnd zu, der sich das nicht zweimal sagen ließ.

„Na gut, passt mal auf! Das ist eine Begebenheit aus einer ganz anderen Ecke – zur Hälfte wahr und zur Hälfte mal wieder im wahrsten Sinne des Wortes sagenhaft. Habt ihr schon mal vom Trojanischen Krieg gehört? Und vom Trojanischen Pferd?"

„Klar!" Michi lehnte sich betont lässig auf der steinernen Bank zurück. „So etwas Ähnliches hat doch mal das Computersystem in unserer Schule lahmgelegt!" Verärgert stieß er seinen Bruder Luca in die Rippen, der vor Lachen laut losprustete. Ihr Vater musste auch etwas grinsen.

„Du meinst einen Trojaner, einen tückischen Computervirus, der sich unbemerkt einschleicht und Daten von deinem Computer auf einen anderen Computer schleust. Interessanterweise hat der Name wirklich etwas mit dem Trojanischen Krieg und insbesondere mit dem Trojanischen Pferd zu tun. Wenn ich euch die Geschichte erzähle, fällt euch der Zusammenhang bestimmt auf. Also, dieser bärtige, ältere Herr heißt Laokoon, die beiden jüngeren Männer rechts und links von ihm sind seine Söhne. Laokoon war ein trojanischer Priester. Die Stadt Troja wurde zehn Jahre lang von einem griechischen Stamm, den Achaiern, belagert und umkämpft.

Nach zehn Jahren Krieg konnten die Griechen die Stadt mithilfe einer Kriegslist erobern, und zwar kam das so: Die Griechen hatten ein riesiges, hölzernes Pferd gebaut und als ein angebliches Geschenk vor die Tore der Stadt Troja gebracht. In Wirklichkeit hielt sich im Bauch des Pferdes eine Menge griechischer Soldaten versteckt, die nur darauf warteten, die Stadt bei Nacht und Nebel anzugreifen. Laokoon war einer der Wenigen, die den Schwindel bemerkten.

Deshalb griff er das Pferd mit einem Speer an. In dem Moment aber erschienen zwei Riesenschlangen und würgten Laokoon und seine Söhne zu Tode. Leider ließen sich die Trojaner von Laokoons Warnungen nicht davon abbringen, das Pferd in die Stadt zu ziehen. Und in der darauffolgenden Nacht schlüpften die Soldaten aus dem Pferdebauch und machten Troja dem Erdboden gleich."

Lina schauderte. „Aber ich verstehe trotzdem nicht, was das mit unserem Schulcomputer zu tun hat."

„Schau mal, Schwesterchen." Luca reckte sich gönnerhaft und etwas selbstzufrieden. „Der Trojaner-Virus ist in harmlos aussehenden E-Mails versteckt, schleicht sich so auf deinen Computer wie die Soldaten im Trojanischen Pferd und richtet dort dann großen Schaden an, wenn du die E-Mail öffnest. Stimmt's, Papa?"

Johannes Rothstein nickte. „Stimmt. Nur mit dem Unterschied, dass uns kein Laokoon warnt, sondern ein Antivirenprogramm." Die Kinder mussten lachen.

Plötzlich hörten sie Melanchthon bellen, drehten sich erschrocken um und brachen wieder in Gelächter aus, als sie sahen, dass Melanchthon sich mit einer Drohgebärde vor der Hundestatue aufgebaut hatte und diese richtig wütend anbellte. „Ich glaube, Johannes, Melanchthon möchte die Geschichte von der kapitolinischen Wölfin hören. Vielleicht stimmt es ihn ja wieder etwas freundlicher, wenn er erfährt, dass dieses Tier zwei Menschenleben gerettet hat." Greta Rothstein war zu Melanchthon hinübergegangen und strich ihm beruhigend über sein wuscheliges, geflecktes Fell. „Ach so, das ist gar kein Hund, sondern ein Wolf." Lina schaute noch einmal etwas genauer hin. „Könnte aber auch ein etwas dick geratener Ägyptischer Windhund sein oder so etwas Ähnliches."

„Na, dann versuchen wir es mal. Pass mal auf, Melanchthon, und hör auf zu bellen.“ Johannes Rothstein fuhr sich mit der Hand durch sein graues, gewelltes Haar.

„Auch wenn man es der Statue auf den ersten Blick nicht so direkt ansieht, hat sie etwas mit der Gründung der Stadt Rom zu tun, zumindest der Sage nach. Es handelt sich um eine Erzählung aus der römischen Antike. Zwei Geschichtsschreiber, Plutarch und Dionys von Halikarnass, haben sie festgehalten, doch die beiden Versionen widersprechen einander ein bisschen. Einig sind sie sich jedoch darin, dass es sich bei diesen beiden Babys, die unter der Wölfin sitzen, um ein Zwillingspaar namens Romulus und Remus handelte, die beiden Enkel des Königs Numitor von Alba Longa. Diese wurden nach ihrer Geburt in einem Weidenkorb auf dem Fluss Tiber ausgesetzt. Das Körbchen schipperte über das Wasser und blieb irgendwo im Ufergestrüpp hängen. Die beiden Kinder hatten Hunger, und ihr Geschrei lockte eine Wölfin an, die sie mit in ihre Höhle nahm und sie dort säugte. Der königliche Oberhirte Faustulus entdeckte die Kinder dann irgendwann in dieser Höhle und nahm sie zu sich. Er und seine Frau gaben ihnen die Namen Romulus und Remus.

Als die beiden Jungen achtzehn Jahre alt waren, erfuhren sie von ihrer Herkunft und gelangten auf Umwegen zurück nach Alba Longa, wo sie ihrem Großvater Numitor im Kampf gegen König Amulius halfen, der ihn seinerzeit vom Thron gestürzt hatte. Numitor wurde wieder König. Zum Dank erlaubte Numitor seinen Enkeln, an dem Ort, wo sie damals ausgesetzt worden waren, eine Stadt zu gründen. Wie es bei Geschwistern leider oft vorkommt, gerieten die Zwillingsbrüder jedoch in Streit über die Frage, wer die Stadt erbauen und ihr den Namen geben durfte. Nach einigem Hin und Her riss Romulus diese

Aufgabe an sich und gab der Stadt ‚Rom' ihren Namen. Mit dem Spaten zog er eine Grenze in den Boden, die sogenannte ‚heilige Furche', und legte so das Stadtgebiet fest. Remus war eifersüchtig auf seinen Bruder, weil er selbst den Wettstreit um die Stadtgründung verloren hatte. Er verspottete Romulus und sprang über die markierte Linie hinweg in das Stadtgebiet. Solch eine Entweihung der als ‚heilig' geltenden Grenze war strengstens verboten. Romulus wurde so wütend auf seinen Bruder, dass er ihn kurzerhand erschlug. Romulus herrschte bis zu seinem Tod insgesamt achtunddreißig Jahre über die Stadt Rom."

Lina schaute die Figur nachdenklich an. „Die kleinen Kinder sehen da noch so unschuldig aus. Man würde nicht denken, dass der eine Bruder den anderen einmal umbringen würde."

„Tja, ein gutes Beispiel dafür, dass das Böse schon von klein auf in uns Menschen drinsteckt", entgegnete Greta Rothstein. Während sich alle noch ein wenig über die Geschichte von Romulus und Remus und der kapitolinischen Wölfin unterhielten, hatten in einem der Rothstein-Köpfe die kleinen grauen Zellen wieder ganz gewaltig zu arbeiten begonnen: Luca vernahm die Unterhaltung nur noch am Rande. Als sein Vater noch ein paar Informationen über die Statue des Zeus weitergab, hörte er schon gar nicht mehr zu. In seinem Kopf hallten die Worte *die kapitolinische Wölfin* nach, und seine Gedanken ratterten nur noch. Es war also eine Wölfin! War das ein Zufall? War es ein Zufall, dass im Turmzimmer dieses eindrucksvolle Gemälde von dem Wolfskopf hing, das sich Luca so ins Gedächtnis gebrannt hatte? Er sah dieses Bild wieder vor sich, diesen bohrenden, stechenden, zielgerichteten Blick des Wolfes in die Ferne, der dem Betrachter die Frage aufdrängte, wohin dieses Tier wohl so gebannt schauen mochte. Luca betrachtete gedankenversunken die Statue der säugenden Wölfin. Auch dieses Tier sah nicht die Kinder an, die sie gerade tränkte, sondern blickte starr und unverwandt in die Ferne. Luca grübelte und wurde mit einem Mal immer nervöser. Vielleicht war dieser Zusammenhang zwischen der Statue und dem Gemälde im Turmzimmer wirklich die Spur, die sie der Lösung des Rätsels von Schloss Morillion ein Stück näherbringen würde!

Erschrocken fuhr er zusammen, als ihn jemand von hinten an den Schultern packte. „Sherlock Luca, in welchem Kriminalfall gehen deine grauen Zellen denn gerade mal wieder spazieren, hm?“ Lachend zog sein Vater ihn auf den Boden. Luca war so in seinen Gedanken vertieft gewesen, dass er gar nicht bemerkt hatte, wie neben ihm die perfekte Picknickkulisse entstanden war: eine karierte Decke, ein großer Picknickkorb, weißes Geschirr und sogar feine Stoffservietten! Bereitwillig ließ er sich vor eine Ansammlung von Schüsseln plumpsen, die allerlei Köstlichkeiten enthielten. Nachdem sie das Tischgebet gesprochen hatten, machten sich die Kinder sofort über die gebratenen Hähnchenschenkel her. „Madame Villard ist ein Schatz, nicht wahr? Sogar an ein kleines Hundemenü hat sie gedacht!“ Greta Rothstein schaute zu Melanchthon hinüber, der sich vor einem Hundenapf voller Leckereien vergnügte. „Es ist erstaunlich, wie freundlich Madame Villard uns behandelt“, murmelte Lina nachdenklich vor sich hin. Ihre Mutter warf ihr einen langen Blick zu. Sie wusste, was ihre Tochter damit sagen wollte.

Kapitel 12
Der Blick des Wolfes

Luca platzte fast vor Aufregung, als die Geschwister Rothstein ihr gemeinsames Zimmer betraten. Zwar hatte er das ausgedehnte Picknick mit den vielen köstlichen Dingen aus der Schlossküche genossen, auch die lustigen Gespräche mit seiner Familie, ja, sogar die zwei Bocciaspiele, in denen er mal wieder kläglich versagt hatte. Doch die ganze Zeit über ließen ihn die Gedanken um die Wolfsfigur und das Bild nicht los. Besonders ärgerte es ihn, dass er mit seinen Überlegungen nicht viel weiter kam. Was hatte das eine mit dem anderen zu tun, und welchen Hinweis enthielt das Ganze?

Nachdem sie die Tür hinter sich geschlossen und sorgfältig verriegelt hatten, brach es aus Luca heraus. „Jetzt passt mal auf, ihr müsst mir beim Denken helfen", redete er halblaut auf seine Geschwister ein.

„Dir beim Denken helfen? Mach keine Witze, Luca, bisher hast du das Denken doch lieber ohne uns gemacht, oder?“ Michi lehnte sich herausfordernd grinsend auf seinem Bett zurück.

„Ach komm, Michi, jetzt ist keine Zeit für Scherze. Ich glaube, ich bin der Lösung unseres Rätsels fast einen Schritt näher gekommen, aber eben nur fast. Es fehlt mir noch das entscheidende Verbindungsstück zwischen zwei Hinweisen!“

Michi runzelte die Stirn. „Könntest du mal aufhören, so geheimnisvoll daherzureden? Was genau meinst du damit?“

„Also, passt mal genau auf!“

„Bitte hör endlich auf mit deinem ‚Passt mal auf‘!“ Michi brauste richtig auf. „Ich höre immer zu, wenn Sherlock Luca etwas sagt. Es nervt langsam!“

Aber Luca fuhr unbeirrt fort. „Zwischen zuhören und aufpassen gibt es einen großen Unterschied, mein lieber Michi, und es ist notwendig, dass ihr jetzt mitdenkt, damit wir zu einem Ergebnis kommen. Also, vorhin, als wir im Statuengarten saßen und Papa die Geschichte von Romulus und Remus erzählte, da kam mir ein Gedanke, den wir bisher außer Acht gelassen hatten, weil wir der Meinung waren, dass es sich bei dem Tier um einen Hund handelte. Der Bildhauer hat jedoch einen Wolf dargestellt, eben jene Wölfin, die den Zwillingen angeblich das Leben rettete.“

„Na und? Hund oder Wolf, das macht doch keinen Unterschied“, brummte Michi ungerührt.

„Mann, Michi, und ob es das macht! Genau das meine ich damit, wenn ich sage, du sollst aufpassen und nicht bloß zuhören. Überleg doch mal! Wir sind in diesem Schloss bereits einmal über einen Wolf gestolpert, der mächtig Eindruck auf uns gemacht hat!“

„Klar, er hing im Turmzimmer an der Wand!“

„Richtig, Lina! Und erinnert ihr euch noch, was uns an diesem Gemälde am meisten beeindruckt hat? Der starre, eindringliche Blick, den das Tier auf einen Punkt in der Ferne richtet!“

„Stimmt“, überlegte Lina, „wir waren uns einig, dass das Bild bestimmt *Der Blick des Wolfes* heißt, denn automatisch schaut der Betrachter … Moment! Luca! Du hast recht! Ich glaube, ich hab’s! Was, wenn man sich bei der Wölfin im Park dieselbe Frage stellen würde wie bei dem Bild im Turmzimmer? Wohin schaut der Wolf? Luca, vielleicht muss man einfach den Blick der Wölfin im Park verfolgen und nachprüfen, wo ihr Blick haften bleibt!“ Luca nahm seine Schwester bei den Schultern und schüttelte sie.

„Mensch, Lina, du hast den Nagel auf den Kopf getroffen! Wieso bin ich nicht selbst darauf gekommen? Es liegt doch klar auf der Hand! Natürlich wollte uns derjenige, wer auch immer uns dieses Rätsel aufgegeben hat, darauf hinweisen, dass der Gegenstand, den die Wölfin im Park anschaut, von Bedeutung für die Lösung ist! Ja, ganz bestimmt ist es so, Leute!“ Luca war völlig außer sich. „Los, einer von uns muss schnell in den Park laufen und die Wolfsstatue noch einmal genau unter die Lupe nehmen! Michi, jetzt ist deine Stunde gekommen! Komm, du bist unsere Sportskanone, du kannst am schnellsten von uns laufen und deshalb auch am schnellsten weglaufen, wenn jemand kommt – der Schlapphutmann oder Monsieur Villard! Schnapp dir Melanchthon, wie wir es mit Papa und Mama ausgemacht haben. Ich glaube, wegen solch eines kurzen Ausflugs brauchen wir den beiden nicht extra Bescheid zu sagen. Da reicht es wahrscheinlich völlig aus, wenn Melanchthon mitkommt und dich beschützt.“

„Wenn du in einer halben Stunde nicht zurück bist, alarmieren wir die Polizei und schicken ein

Hubschrauberkommando los, um dich zu suchen“, grinste Lina. Michi zog seine Schuhe an. Einerseits war er stolz, dass seine Geschwister ihm als Jüngstem diese Aufgabe übertrugen, andererseits ärgerte er sich darüber, wenn sie sich über ihn lustig machten.

Lautlos und geschickt wie ein Indianer huschte Michi durch den Schlossgarten, gefolgt von Melanchthon, der ihm dicht auf den Fersen blieb. Immer wieder schaute er sich vorsichtig nach allen Seiten um. Auf keinen Fall durfte er sich erwischen lassen! Es bestand tatsächlich die Gefahr, dass Monsieur Villard ihm auflauerte, um ihn zu schnappen und verschwinden zu lassen. Und außerdem konnte man nicht ausschließen, dass jemand anderes ebenfalls dem Rätsel von Schloss Morillion auf der Spur war und die Kinder bei ihren Ermittlungen beobachtete.

Michi suchte jeweils den Schutz eines mächtigen Baumes und spurtete dann zum nächsten Baum, wenn er sichergehen konnte, dass die Luft rein war. Er sah bereits die weißen Figuren des Skulpturengartens. Jetzt musste er sich möglichst unauffällig verhalten und den Eindruck erwecken, er führe den Hund durch den Park spazieren. Zu diesem Zweck nahm er Melanchthon zur Tarnung an die Leine und näherte sich mit klopfendem Herzen der weiß schimmernden Skulptur der kapitolinischen Wölfin. Einmal noch blickte er sich verstohlen um. Nichts regte sich. Langsam und konzentriert verfolgte er den Blick des steinernen Tieres über die Buchsbaumhecken hinweg, über den Rasen, an den Trauerweiden vorbei auf den Teich, bis sein Blick an einem Gegenstand hängen blieb: an dem kleinen, unscheinbaren Entenhäuschen, das so beschaulich auf der Teichoberfläche schwamm! Das Entenhaus?

War das nicht eher ein Irrtum? Auf die Entfernung konnte Michi eine kleine Öffnung auf der Vorderseite des Hauses erkennen. Wahrscheinlich konnte man ohne Probleme einen Gegenstand in seinem Inneren verbergen. Aber sollte ein kleines Entenhäuschen, wahrscheinlich voll mit einer gehörigen Portion Entendreck, eine so entscheidende Rolle spielen? Das erschien ihm etwas unwahrscheinlich. Unschlüssig machte er auf dem Absatz kehrt und spazierte schlendernd mit Melanchthon an der Leine zurück zum Schloss. So betont lässig es auch nach außen hin aussah, so aufgewühlt und nervös war er in Wirklichkeit. Immer wieder schielte er aus den Augenwinkeln verstohlen nach allen Seiten. Nach einer gefühlten Ewigkeit marschierte er endlich durch das herrschaftliche Schlossportal.

Luca drehte den Schlüssel und öffnete die Zimmertür. „Da bist du ja endlich, Michi! Ich hatte dein Sprintertalent etwas ausgeprägter eingeschätzt!"

„Kannst du dir nicht einmal das Meckern verkneifen, nur ein einziges Mal?" Michi ließ sich auf einen Stuhl plumpsen. „Und falls es dich interessiert: Ich bin bewusst langsam gegangen, damit es so aussieht, als ginge ich mit Melanchthon spazieren."

„Hmm, gar keine so schlechte Idee, das gebe ich ja zu", brummte Luca.

„Siehst du, auch dein kleiner Bruder hat kleine graue Zellen, die ab und zu mal etwas Sinnvolles hervorbringen."

„Und, Michi? Nun erzähl schon!", bat Lina und schlug einen bewusst heiteren Ton an, um den Streit ihrer Brüder zu beenden. „Hast du etwas Auffälliges gefunden?"

„Na ja, nicht direkt", entgegnete Michi gedehnt und strich durch Melanchthons Fell. „Hm, also, wenn man dem Blick des Wolfes folgt, so sieht man bloß das

Entenhaus auf dem Teich, sonst nichts. Ich kann mir aber nicht vorstellen, dass das irgendeine Bedeutung hat. Es ist wahrscheinlich bloß voller Entendreck, das ist alles."

„Hast du denn darauf geachtet, ob es irgendeine Öffnung hat?", erkundigte sich Luca.

„Ja, schon, aber ich kann mir nicht vorstellen, dass jemand etwas Wertvolles in Entendreck verstecken würde."

„Warum denn nicht?" Luca wurde jetzt ganz aufgeregt. „Je mehr ich darüber nachdenke, desto genialer erscheint mir dieses Entenhaus als Versteck für etwas, das uns auf den nächsten Schritt hinweisen soll. Es ist klein, unscheinbar und für den normalen Parkbesucher nicht zu erreichen. Das bedeutet: Der geheimnisvolle und unsichtbare Erfinder unseres Rätsels, von dem ich einfach mal annehme, dass es ihn gibt, konnte mit Sicherheit ausschließen, dass der verborgene Gegenstand durch Zufall von jemandem gefunden wird, der nichts mit ihm anzufangen weiß. Nur wer die Spur des Wolfes im Turmzimmer verstanden und sie mit der Wolfsstatue im Park in Verbindung gebracht hat, kann auf die – zugegebenermaßen etwas abwegige – Idee kommen, dass sich mitten im Entendreck ein Hinweis befinden könnte! Also alles in allem sogar ein echt geniales Versteck."

„Bleibt jetzt nur noch die Frage, wie wir herausfinden können, ob sich tatsächlich etwas Wichtiges in diesem Häuschen befindet." Lina schaute nachdenklich aus dem Fenster. „Der Teich ist ziemlich groß und vermutlich auch tief. Der Steg ist einfach zu kurz, als dass man mal eben so zum Entenhaus gelangen könnte. Es schwimmt viel zu weit draußen auf dem Wasser."

Luca klopfte Michi mit einem breiten Grinsen auf die Schulter. „Na, Bruder, sieht ganz so aus, als müssten wir deine sportlichen Fähigkeiten noch einmal bemühen!"

„Du meinst doch nicht etwa, dass ich in diese Brühe da unten hineinsteige, nur um am Ende herauszufinden, dass im Entenhaus nichts als Entendreck klebt!“ Michi schüttelte ganz entschieden den Kopf. „Das kannst du dieses Mal schön selbst machen.“

„Michi, bitte! Jeder von uns muss seinen Beitrag zu den Ermittlungen leisten, sonst kommen wir nicht ans Ziel, glaub mir!“, versuchte Luca, ihn zu besänftigen. „Wenn wir jetzt aufgeben, dann ist unsere ganze Detektivarbeit für die Katz! Ich sag dir eins: Ich bin felsenfest davon überzeugt, dass wir einer ganz dicken Sache auf der Spur sind! Direkt vor unseren Augen laufen merkwürdige Dinge ab, die irgendjemand vor uns verbergen will. Und wenn wir nicht herausfinden, was es ist, dann kann dieser geheimnisvolle Jemand hier weiterhin in aller Seelenruhe sein Unwesen treiben! Auf gar keinen Fall dürfen wir jetzt aufhören – nicht jetzt, wo der nächste Schritt so greifbar nah ist.“ Er schaute seinem Bruder unverwandt ins Gesicht und fuhr ein wenig leiser fort: „Michi, es tut mir leid, wenn ich dich .... Na ja, manchmal habe ich dich wirklich etwas von oben herab behandelt. Ich habe es nie so gemeint und wollte dich nur ein bisschen ärgern. In Wirklichkeit wissen wir beide, dass wir ohne einander nicht sehr weit kommen, oder? Wir brauchen beides: Köpfchen und Muskeln, okay?“ Erwartungsvoll schaute er seinen Bruder an, der sein Gesicht langsam zu einem Lächeln verzog. Er knuffte Luca freundschaftlich in die Seite.

„Na gut, Mister Besserwisser, du hast mal wieder gewonnen!“ Luca atmete auf, aber Michi gab zu bedenken: „Fragt sich nur, wie wir dem Schlapphutmann eine Schwimmaktion im Teich erklären sollen, wenn er vorbeikommt, um mich zu entführen. Schließlich kann ich ja nicht mit Melanchthon im Ententeich spazieren gehen.“ Die Kinder brachen in schallendes Gelächter aus.

„Da magst du recht haben.“ Luca hielt sich den Bauch vor Lachen. „Melanchthon muss aber auch in letzter Zeit für alles Mögliche herhalten! Nein, dieses Mal müssen wir uns eine echte und nachvollziehbare Begründung einfallen lassen.“

„Meint ihr nicht, dass wir Papa und Mama um Rat fragen sollten? Ich könnte mir vorstellen, dass sie eine gute Idee hätten, wie man das Ganze als harmlose Aktion tarnen könnte! Außerdem haben wir ihnen versprochen, keine wichtigen Ermittlungen im Park mehr ohne ihr Wissen durchzuführen, stimmt's?“ Lina legte den Kopf etwas schief und warf ihren Brüdern einen Blick zu, der gar nicht anders konnte, als die beiden zur Vernunft zu bringen.

„In Ordnung, Schwesterchen.“ Michi zwinkerte ihr zu. „Ziehen wir also den Elternjoker!“

Kapitel 13

Freiheit für den Mönch

Greta und Johannes Rothstein saßen auf der Schlossterrasse und tranken Tee. Auf dem Tisch stand ein köstlich duftender Gugelhupf, eine Spezialität aus dem Elsass, die Madame Villard extra für sie gebacken hatte. Greta Rothstein sah ihre Kinder schon kommen und winkte ihnen zu. „Ihr kommt gerade richtig! Fast hätten wir den leckeren Kuchen ohne euch aufgegessen. Madame Villard meint es wirklich gut mit uns, oder? Wer möchte ein Stück?" Natürlich sagte keiner Nein. So war im Nu eine fröhlich schnatternde Runde entstanden, die sich eifrig um die Kuchenvertilgung bemühte. Luca hatte sich als Erster durch seine Portion hindurchgearbeitet. „Mama, Papa", begann er noch kauend, „wenn wir, ich meine, würdet ihr ... also, wenn wir den nächsten Schritt in unseren Ermittlungsarbeiten unternehmen müssten, würdet ihr uns dann zur Seite stehen?" Er glaubte, die Eltern würden ihre Zustimmung eher geben, wenn er sich möglichst wichtig ausdrückte. Johannes Rothstein lehnte sich zurück und musterte seinen Sohn aufmerksam und durchdringend.

„Nun, das wird sicherlich ein bisschen davon abhängen, was der nächste Schritt eurer Ermittlungen so alles beinhaltet.“ Er bemühte sich sichtlich darum, nicht durchblicken zu lassen, wie sehr ihn der Abenteuergeist seiner Kinder amüsierte. Luca überlegte kurz und sagte dann frei heraus: „Ehrlich gesagt, wollen wir Michi eine Runde im Schlossteich schwimmen lassen.“ Seinem Vater stand nun doch so etwas wie Überraschung ins Gesicht geschrieben. „Das ist allerdings eine äußerst ungewöhnliche Art, Ermittlungen durchzuführen, meine hochgeschätzten Damen und Herren Detektive. Obwohl ich ja durchaus verstehen kann, dass euch bei den sommerlichen Temperaturen nach einer Abkühlung zumute ist.“

„Nein, nein, Papa, so darfst du das nicht verstehen“, mischte sich Lina eifrig ein und fügte mit etwas gesenkter Stimme hinzu: „Luca glaubt, dass im Entenhaus auf dem Teich etwas versteckt ist, was uns weiterhelfen könnte. Und ich glaube das mittlerweile auch.“ Sie schaute zu Michi hinüber, der sich aber lautstark beschwerte.

„Und ich glaube, dass meine Geschwister sich nur darüber kaputtlachen wollen, wie ich in einem hellgrünen Gewand aus Entengrütze aussehe. Ich weiß gar nicht, was so kompliziert an der ganzen Sache ist: Ich falle einfach in den Teich, ihr rettet mich, und bei der Rettungsaktion inspizieren wir ein bisschen das Entenhäuschen, wenn es denn unbedingt sein muss.“

Luca schüttelte den Kopf. „Nein, Michi, das können wir nicht machen. Das erregt zu viel Aufsehen, und außerdem wollen wir nicht auch noch Madame Villard verärgern. Dass wir den Zorn von Monsieur Villard auf uns gezogen haben, reicht mir schon.“

„Luca hat recht.“ Nun mischte sich auch Greta Rothstein in das Gespräch ein. „Ich finde auch, dass wir Madame Villard irgendwie an der Sache beteiligen sollten. Fragen wir sie doch einfach um Erlaubnis! Offen und ehrlich! Das ist oft die beste Methode.“

„Mama, du bist genial!“ Lucas Augen leuchteten. „Dann könnten wir in aller Ruhe den See inspizieren, und wenn der Verwalter erbost um die Ecke tobt, sagt ihr ihm einfach, dass Madame Villard uns erlaubt hat, eine Runde zu schwimmen, weil ...“

Er stockte und dachte nach, aber seine Mutter beendete den Satz: „... weil ihr angeboten habt, den Mönch zu befreien!“

Einen Moment war Stille, und während die Geschwister sie verständnislos anblickten, kamen Luca plötzlich leise Zweifel, ob seine Mutter das Geheimnis von Schloss Morillion nicht mit dem spannenden Mittelalterkrimi verwechselte, den sie gerade las und in dem es wahrscheinlich vor gefangenen Mönchen nur so wimmelte. Hilfesuchend wandte er sich an seinen Vater, dessen breites Grinsen in schallendes Gelächter überging, in das seine Frau mit einstimmte.

„Als Mama und ich neulich einen Spaziergang durch den Park machten, fiel uns auf, dass das Ablaufgitter des Teiches durch herabgefallene Äste und Laub der vielen Trauerweiden am Ufer so stark verstopft ist, dass der Wasserpegel immer weiter steigt. Die Äste müssten dringend mal entfernt werden, damit der Teich nicht über die Ufer steigt. Und jetzt dürft ihr dreimal raten, wie man einen solchen gemauerten Ablauf an einem Gewässer nennt? Na, einen Mönch eben!“ Nun mussten auch die Kinder lachen, und Luca war erleichtert, dass seine Mutter doch nicht, wie er zunächst befürchtet hatte, an Verwirrtheit litt.

„Bitte, Mama, bitte geh gleich zu Madame Villard und frag sie, ja? Frag sie, ob wir ihr helfen können, den Ablauf freizumachen. Du bist doch immer so lieb und freundlich zu den Leuten, sodass dir niemand eine Bitte abschlagen kann. Wir laufen schon mal und kleiden Michi ein!" Und schon waren die Geschwister in Richtung Schloss davongespurtet. Johannes und Greta Rothstein schauten ihnen lachend und kopfschüttelnd nach.

Madame Villard zeigte sich hocherfreut, dass ihre Feriengäste so aufmerksam waren und ihre Hilfe anboten. Selbstverständlich schöpfte sie keinerlei Verdacht. So nahm sie das Angebot dankbar an, nachdem sie Greta Rothstein ihr Herz darüber ausgeschüttet hatte, dass sich ihr Mann in letzter Zeit so wenig um das Schloss und die Pflege des Schlossgeländes kümmerte. Mehrfach hatte sie ihn schon darum gebeten, den Ablauf am Teich zu säubern.

Luca und Lina nahmen die Nachricht begeistert auf, dass ihre Aktion nun grünes Licht bekommen hatte, während Michi insgeheim gehofft hatte, die Sache würde abgeblasen. Das Dumme war ja nun, dass er den Ablauf tatsächlich von Grünzeug befreien musste! Natürlich wollte er kein Spielverderber sein. So folgte er seinen Geschwistern und Melanchthon am späten Nachmittag zum Teich und stieg missmutig am Ende des Holzsteges in das trübe, von Algen durchzogene Teichwasser. Wie abgesprochen schwamm er zunächst zum Mönch, um die offizielle Aufgabe der Säuberung zu erfüllen. Mit aller Kraft entfernte er das verrostete Ablaufgitter und stellte fest, dass sich im Sog des Ablaufs schon eine ganze Menge Äste gesammelt hat. Er musste fast kopfüber hineinklettern, um sie zu entfernen. Eine nicht ganz ungefährliche Angelegenheit, denn der Sog des Ablaufes war so stark, dass er ein Kind mühelos in die Tiefe ziehen konnte.

Doch das, was Michi nun im Augenwinkel am Teichufer entdeckte, beunruhigte ihn noch viel mehr: Wild gestikulierend stand eine bullige Gestalt am Steg und redete laut auf Johannes Rothstein ein. Es war Monsieur Villard! Wie gut, dass sie ihre Eltern eingeweiht und dass diese sie hierhin begleitet hatten! Luca und Lina waren zu ihrer Mutter hinübergegangen und sahen angsterfüllt zu, wie ihr Vater versuchte, den aufgebrachten Verwalter zu beruhigen. Nachdem er ihm mehrfach versichert hatte, dass dies alles mit der Einwilligung seiner Frau geschah, gab sich Monsieur Villard widerwillig geschlagen. Schimpfend und mit geballten Fäusten drohend zog er in Richtung Schloss davon. Michi merkte plötzlich, dass er zitterte – ob vor Angst oder vor Kälte, konnte er nicht genau sagen. Zögernd wandte er sich wieder dem Ablauf zu, der laut gurgelnde und schlürfende Geräusche von sich gab, mit denen er das Wasser in sich hineinsog. Ob der Mönch wohl daher seinen merkwürdigen Namen hatte?

Nach einer guten halben Stunde hatte Michi es geschafft und zog mit letzter Kraft das verrostete Gitter wieder über die Öffnung. Langsam paddelte er zurück in Richtung Steg und machte dabei einen Schlenker am Entenhaus vorbei. Schon klammerte er sich mit seinen Armen an das hölzerne Häuschen und täuschte vor, eine Verschnaufpause einlegen zu müssen. Kurz bevor er weiterschwamm, ließ er seinen Arm so unauffällig wie möglich durch die Öffnung in das Innere des Häuschens wandern. Fest und beinahe verkrampft umfasste seine Hand einen kleinen, metallenen Gegenstand und transportierte ihn heimlich mit ans Ufer. Er war erfolgreich gewesen! Luca und Lina hatten doch tatsächlich recht gehabt. Ein bisschen ärgerte es ihn, doch insgesamt überwog seine Neugier. Seine Geschwister drängten sich um ihn herum. Einen Moment lang genoss Michi noch die gespannte Aufmerksamkeit, bis er langsam und feierlich seine Hand öffnete und ein kleiner goldener Schlüssel zum Vorschein kam. Die drei Geschwister hielten die Luft an und warfen einander stumme Blicke zu.

„Unglaublich“, brachte Luca flüsternd hervor, „wir sind also doch auf der richtigen Spur, Leute! Bleibt nur noch die spannende Frage, zu welchem Schloss um alles in der Welt dieser Schlüssel passt!“ Als er den letzten Satz aussprach, klang seine Stimme fast schon wieder ein bisschen niedergeschlagen.

„Hm“, machte Lina, die ihren Bruder gerne mit einem Geistesblitz ermutigt hätte, aber nicht recht wusste, woher sie diesen Blitz nehmen sollte. Sie konnte sich beim besten Willen nicht entsinnen, im Schloss oder auf dem Gelände irgendetwas gesehen zu haben, wozu ein solch kleiner Schlüssel auch nur im Entferntesten hätte passen können.

Der Rest des Tages verlief etwas schleppend. Luca, Lina und Michi waren allesamt mutlos. Nach dem Abendessen gingen sie auf ihr Zimmer und bliesen Trübsal. Waren sie in eine Sackgasse geraten? Wo sollten sie jetzt anfangen zu suchen? So sehr sie sich auch bemühten, keiner von ihnen fand die gedankliche Brücke zum nächsten Ermittlungsschritt, den sie hätten gehen müssen. Selbst Luca hatte dieses Mal nicht die leiseste Ahnung, wohin sie dieser Hinweis führen sollte. So sehr hing er seinen trüben Gedanken und Grübeleien nach, dass er noch lange wach lag. Doch irgendwann senkte sich der Schlaf über die drei erschöpften Kinder.

Kapitel 14

Froschlöffel, Hasenlattich und Bärenklau

Die darauffolgenden Tage zogen vorüber, ohne dass sich etwas Nennenswertes ereignete. Luca erklärte diese Zeit offiziell zu ihrer ersten schweren Ermittlungskrise und behauptete, dass es so etwas in den meisten Detektivromanen gäbe. Doch er selbst versprühte auch nicht allzu viel Zuversicht, dass sie jemals wieder aus dieser Krise herauskommen würden. Im Gegenteil: Er hatte zu nichts mehr Lust, hockte fast den ganzen Tag auf dem Zimmer und las ein Buch nach dem anderen, als erwartete er, darin die Lösung des Problems zu finden. Dazu kam noch, dass sich das Wetter verschlechtert hatte und es nun oft regnete. Michi und Lina unternahmen ein paar Regenspaziergänge mit Melanchthon, vertrieben sich die Zeit mit Gesellschaftsspielen oder schrieben Briefe an ihre Freunde in Deutschland. Aber nach einer Woche wurde ihnen auch das langweilig. Als ihre Mutter bemerkte, dass sich auch bei ihnen die Unlust breitzumachen begann, bemühte sie sich um ein bisschen Ferienprogramm für ihre Kinder mit Tagesausflügen nach Colmar und nach Nancy, zu denen sich auch Luca bewegen ließ.

Als sich das Wetter einige Tage später wieder von seiner freundlicheren Seite zeigte und auch die Sonne ab und zu einmal zu sehen war, schlug sie ihren Kindern eine kleine pflanzenkundliche Führung durch den Park von Schloss Morillion vor. Greta Rothstein war Biologin und hatte am Institut für Botanik an der Universität gearbeitet, an der sie ihren Mann kennengelernt hatte. Luca, Lina und Michi hatten noch nie jemanden erlebt, der sich besser mit allen möglichen Sorten von Pflanzen auskannte als ihre Mutter, egal, wie unscheinbar sie waren oder wie sehr sie auch nach Unkraut aussehen mochten. Sie fanden es interessant, wenn sie in ihre Welt der Pflanzen eintauchte und es ihr dazu noch gelang, andere für diese Welt zu begeistern.

Mit einem Pflanzenbestimmungsbuch bewaffnet und ihren drei Kindern im Gefolge marschierte Greta Rothstein über die hellen Kieswege im Park: „Wisst ihr, Kinder, nicht nur euer Vater kommt hier im Elsass in den Bibliotheken mit all den historischen Dokumenten auf seine Kosten. Ich war schon sehr gespannt auf die besondere Pflanzenwelt dieser Gegend. Frankreichs König Ludwig XIV, auch der Sonnenkönig genannt, bezeichnete das Elsass einmal als *le beau jardin de la France,* also als den schönen Garten Frankreichs. Hier lassen sich nicht nur Weinanbaugebiete, schöne Parks und Gartenanlagen bewundern, sondern auch ein paar seltene Pflanzen. Wir gehen mal ein bisschen auf die Suche.“

Beschwingt schlenderte sie den Kindern voraus und vorbei an duftenden Rosensträuchern und riesigen Rhododendronbüschen, die ihre Aufmerksamkeit jedoch nicht so sehr auf sich zogen wie die kleinen, unscheinbaren Blumen und Gräser, die im Verborgenen wuchsen und an denen der unkundige Beobachter einfach vorbeilief. So zeigte sie den Kindern einige Gewächse am Wegesrand, die diese ohne schlechtes Gewissen entfernt hätten, wenn man ihnen befohlen hätte, im Park Unkraut zu jäten. Betrachtete man diese Pflanzen dann bewusst und aus der Nähe, so fiel einem ihre zerbrechliche Schönheit ins Auge.

Nachdem sie – den Blick ständig und angestrengt auf den Boden gerichtet – den Park zum größten Teil umrundet hatten, gelangten sie zum Verwalterhaus.

Luca winkte ab. „Mit der nicht ganz so edlen Botanik dieses Gemäuers haben wir bereits Bekanntschaft gemacht. Darf ich vorstellen? Brombeergestrüpp, wilder Wein und Efeu!"

„Nicht so voreilig, junger Mann!" Seine Mutter lächelte ihn vielsagend an. „Man darf sich nicht von den großen Elementen einer Pflanzengruppe blenden lassen. Du musst stets ein Auge für die kleinen, verborgenen Dinge haben – so wie im echten Leben. Und auch wie bei echter Detektivarbeit!" Sie zwinkerte den Kindern zu und beugte sich zu ein paar kleinen Gewächsen herab, denen die Kinder keinerlei Beachtung geschenkt hätten. „Hier! Das ist alles hochinteressant, wirklich hochinteressant!" Sie blätterte kurz in ihrem dicken Pflanzenbestimmungswälzer und nickte wissend. „Dachte ich es mir doch. *Alisma lanceolatum.*"

„Oh, Mama", stöhnte Michi, „könntest du bitte dieses Mal die ganzen lateinischen Fachausdrücke weglassen, sonst laufe ich schon mal vor."

Greta Rothstein lachte. „Keine Sorge, mein Lieber. Die deutschen Pflanzennamen werden dich auch schon ausreichend in Erstaunen versetzen. Also: Dieses hier, was ein bisschen aussieht wie Schleierkraut, nennt sich Gemeiner Froschlöffel!“ Die Kinder kicherten.

„Und dieses hier, meine Damen und Herren“, feixte Michi mit tiefer Stimme, „ist die Fiese Kaulquappengabel!“

Greta Rothstein knuffte ihn in die Seite und fuhr ungerührt fort: „Das da vorne ist das Gemeine Ferkelkraut, ein nur schwer zu bekämpfendes Unkraut. Dieses hohe, stachelige Gewächs hier mit den lila Blüten ist eine Eselsdistel. Die Pflanze dort mit den interessanten blauen Blütentrauben nennt man Natterkopf. Besonders hübsch ist die Schwanenblume mit ihren zartrosa Blüten, da hinten rechts, seht ihr? Und das Ganze wird umrahmt von Wiesenbärenklau, Hasenlattich und drei verschiedenen Arten von Wolfsmilchgewächsen: der Zypressenwolfsmilch, der Sonnenwendwolfsmilch und der Warzigen Wolfsmilch. Das sind die Pflanzen hier vorne mit den grünlich-gelben Blüten. Tja, meine Damen und Herren“, nun erhob sie sich aus der gebückten Haltung und wandte sich wieder ihren Kindern zu, „was ist wohl so hochinteressant an dieser Pflanzenansammlung?“

„Hmm.“ Lina schaute etwas ratlos auf das grüne Durcheinander, das sie einfach nur als Kraut bezeichnet hätte. „Wahrscheinlich haben sie sich hier einfach von selbst angesiedelt, wild durcheinander und rein zufällig sozusagen.“

„Genau das glaube ich nämlich nicht!“ In Greta Rothsteins Stimme schwang jetzt ein triumphierender Unterton mit, und ihre Augen blitzten. „Na, hat denn jemand euren detektivischen Spürsinn vollständig eingeschläfert? Ich mache euch einen Vorschlag: Ihr kurbelt jetzt mal wieder eure grauen Zellen an. Wenn ihr mir bis heute

Abend nicht verraten könnt, was das Bemerkenswerte an dieser Pflanzenansammlung ist, dann halte ich euch den gesamten botanischen Vortrag zur Strafe noch mal auf Lateinisch!“ Lachend begaben sich die vier wieder zum Schloss. Luca musste zugeben, dass seine Neugier wieder so geweckt war wie am ersten Tag.

Nach dem Abendbrot begleitete Greta Rothstein ihre Kinder aufs Zimmer. Nachdem sie sich vergewissert hatte, dass ihnen niemand gefolgt war, und sie die Tür fest verriegelt hatte, erklärte sie mit flüsternder und ein wenig feierlicher Stimme: „Ich will euch ja nicht länger auf die Folter spannen und möchte außerdem nicht, dass ihr anfangt, meine Pflanzenvorträge zu hassen, nur weil ich sie neuerdings auf Lateinisch halte.“ Sie blinzelte ihren Kindern munter zu und fuhr bedeutungsvoll fort: „Ich habe das unbestimmte Gefühl, dass dieses für euch sicherlich uninteressante Krautbeet mehr mit dem Rätsel von Schloss Morillion zu tun haben könnte, als wir ahnen. Mir ist bei der ganzen Sache ein Umstand besonders aufgefallen. Ob er von Bedeutung ist, kann ich auch nicht genau einschätzen, aber erinnert euch doch noch einmal an die Pflanzennamen, die um das Verwalterhaus vorkamen und über die ihr so geschmunzelt habt: Gemeiner Froschlöffel, Gemeines Ferkelkraut, Natterkopf, Bärenklau, Wolfsmilch, Eselsdistel, Hasenlattich, Schwanenblume. Na, dämmert's?“

Linas Augen weiteten sich. „Stimmt! In jedem Pflanzennamen verbirgt sich ein Tier! Frosch, Ferkel, Natter, Esel und so weiter. Und bei der Menge ist das mit Sicherheit kein Zufall!“ Greta Rothstein nickte. „Den Eindruck habe ich auch. Was für euch aussah wie eine Anhäufung von langweiligen Wiesenblumen, könnte ein sorgsam und mit Bedacht angelegtes Beet sein!“

„Das möglicherweise eine Botschaft enthält!“, fügte Luca aufgeregt hinzu. Mit einem Schlag war seine ursprüngliche detektivische Begeisterung wieder da, als hätte ihn jemand aus dem Winterschlaf geweckt. „Mama, du bist genial! Ganz bestimmt sogar sind die Pflanzennamen von Bedeutung! Sie enthalten todsicher eine Art Code! Wir müssen ihn nur noch entschlüsseln!“ Seine Stimme überschlug sich jetzt vor Aufregung, und er marschierte im Zimmer auf und ab. Lina beobachtete ihn und musste in sich hineinlächeln. Er war wieder der Alte!

„Lasst uns doch noch mal die Tiere durchgehen, die in den Pflanzennamen versteckt sind. Vielleicht gibt es ja ein Märchen, in dem sie alle vorkommen oder so ähnlich“, schlug sie vor.

„Gar keine schlechte Idee, Lina. Also, wen haben wir denn alles? Frosch, Natter, Bär, Esel ...“

„Kaulquappe“, warf Michi ein und erntete einen vernichtenden Blick seines Bruders.

„Hase, Schwan, Wolf … Wolf? Mama, ist das richtig, dass wir sogar drei verschiedene Arten von Wolfsmilch gesehen haben?“

Seine Mutter nickte.

„Dann, ja klar! Ich hab’s! Ja, so muss es sein! Mann, je mehr wir in diese Sache eintauchen, umso stärker habe ich den Eindruck, dass ein genialer Kopf hinter diesem Rätsel steckt!“

„Nun mach es nicht so spannend, und spuck es aus!“, drängte Michi.

Luca holte tief Luft, seine Augen glänzten. „Ich glaube, die vielen Tiernamen, die in den Pflanzenbezeichnungen versteckt sind, sollten uns einfach nur darauf bringen, uns auf die Tiere zu konzentrieren. Na, und nun ist es doch plötzlich sonnenklar, oder? Wer hockt gleich dreimal in diesem Beet? Der Wolf! Und nicht nur der, sondern die Wolfsmilch! Jetzt zählen wir eins und eins zusammen: Der Wolfskopf im Turmzimmer, der Blick der Wölfin im Park, die zwei Babys säugt, und die Wolfsmilch im Blumenbeet! Passt doch alles haargenau zusammen! Und wisst ihr, was ich glaube? Die Wolfsmilch ist die entscheidende Spur, die uns zu dem Gegenstand führen soll, zu dem unser kleiner Schlüssel passt!“

„Was soll denn das nun wieder heißen? Wie sollte denn jemand mit irgendeinem Wiesenkraut eine Spur legen?“ Michi stand offenbar wieder auf seiner berühmten langen Leitung.

Luca seufzte etwas genervt. „Genau kann ich es dir auch noch nicht sagen, ich kann es nur vermuten. Und das, was ich vermute, ist eigentlich ziemlich simpel: Ich tippe, dass wir mal unter der Wolfsmilch ein paar Ausgrabungen vornehmen sollten. Und ich würde mich nicht wundern, wenn wir fündig würden!“

Kapitel 15
Die grauen Zellen arbeiten wieder

Vier Köpfe arbeiteten nun fieberhaft an einem Plan für die weiteren Ermittlungen. Allen war klar, dass mit äußerster Vorsicht vorgegangen werden musste. Wenn Monsieur Villard oder der Schlapphutmann sie beim Graben am Verwalterhaus erwischten, wäre dieses Mal sicherlich kein Entkommen mehr möglich. Ihr Plan musste also todsicher und völlig wasserdicht sein. Sie durften sich keinen gedanklichen Fehler leisten und nichts unbedacht lassen.

Beständig wälzten sie Ideen und Einfälle hin und her, spielten Situationen in Gedanken durch und verwarfen sie wieder, weil sie ihnen doch zu gefährlich erschienen. Eines war ihnen klar: Selbst wenn sie die Ausgrabungsaktion auf eine dunkle, sternenlose Nacht mit wolkenverhangenem Himmel verschieben sollten, wäre die Gefahr zu groß, entdeckt zu werden. Gerade die Nächte nutzte Monsieur Villard ja offenbar, um seine Machenschaften im Verwalterhaus voranzutreiben. Greta Rothstein hielt sich bei der ganzen Diskussion zunächst zurück und schien tief in Gedanken versunken zu sein. Nachdem die drei Geschwister alle möglichen Vorgehensweisen durchgespielt und sich entmutigt eingestanden hatten, dass das Risiko in jedem Fall zu groß wäre, mischte sie sich etwas zögerlich in das Gespräch ein:

„Papa und ich haben euch ja gebeten, uns in eure Ermittlungen mit einzubeziehen, wenn es gefährlich wird. Daran habt ihr euch auch gehalten, was Papa und mich sehr freut. Ich finde allerdings, dass uns deshalb auch eine gewisse Pflicht trifft, euch zu helfen, wenn es irgendwie geht. Ich habe gerade hin und her überlegt, ob es eine Möglichkeit dazu gibt, und mir ist ein Gedanke gekommen. Papa und ich hatten sowieso schon darüber gesprochen, dass wir Madame und Monsieur Villard einmal zum Essen in ein Restaurant hier in St. Tremière einladen wollten. Madame Villard war bisher immer sehr entgegenkommend, und ich finde, ihre Freundlichkeit geht weit über das hinaus, was man von Vermietern einer Ferienwohnung erwarten kann. Nun, ihr ahnt wahrscheinlich, worauf ich hinauswill. Wir könnten die Einladung zum Essen und die Ausgrabungsaktion zeitlich aufeinander abstimmen. Denn ich finde nicht, dass ihr etwas Unrechtes vorhabt, was Papa und ich nicht unterstützen könnten. Immerhin seid ihr vermutlich einem Verbrechen oder zumindest kriminellen Machenschaften auf der Spur. Kurz gesagt also: Wir gehen essen, ihr geht buddeln!"

Die Kinder waren begeistert. „Mama, du bist spitze!" Lina flog ihrer Mutter um den Hals.

„Aber was machen wir mit dem Schlapphutmann? Nehmt ihr den etwa auch mit zum Essen?", wandte Luca augenzwinkernd ein. Greta Rothstein musste lachen. „Nein, ich glaube, für diesen Gentleman müssten wir eine andere Lösung finden. Das wäre sonst doch etwas zu verdächtig."

„Ich hab's!", rief Michi triumphierend. „Ein Schlafmittel im Essen, das ist die Lösung! In den Detektivgeschichten, die ich gelesen habe, hat das immer funktioniert!" Luca schaute müde lächelnd zu ihm hinüber.

„Offensichtlich solltest du mal deine Krimiserie wechseln. Nein, wir dürfen nicht selbst zu kriminellen Methoden greifen. Mir schwebt etwas anderes vor. Nach dem, was wir beobachtet haben, betritt der Schlapphutmann das Gelände immer über die Böschung am Fluss, und das wahrscheinlich erst mit Einbruch der Dunkelheit. Er legt mit dem Boot an einem der beiden Stege an und steigt die Treppe zum Verwalterhaus oder zur Werkstatt hinauf. Ich vermute sogar, dass dieser Weg extra für diesen Zweck angelegt wurde, damit die Komplizen von Monsieur Villard heimlich in den Schlosspark gelangen und genauso ungesehen Gegenstände vom Schlossgelände wieder abtransportieren können. Wenn wir uns also so aufteilen, dass einer von uns gräbt und die beiden anderen bei den Geheimzugängen am Verwalterhaus und an der Werkstatt Schmiere stehen, müssten wir diese Gefahr eigentlich ausschließen können. Wenn der Schlapphutmann dann am Steg anlegt, bleibt noch genug Zeit, denjenigen, der buddelt, zu warnen und abzuhauen."

„Muss ich dann etwa auch allein in der Dunkelheit stehen und aufpassen?" Lina war bei dem Gedanken ganz unwohl zumute. „Ja, Schwesterchen, dieses Mal lässt sich das leider nicht vermeiden, denn wir müssen beide Geheimzugänge bewachen: den am Verwalterhaus und den an der Werkstatt. Aber keine Sorge, du bekommst Melanchthon als persönlichen Beschützer an deine Seite. Und außerdem kannst du den Posten am Verwalterhaus haben, wenn du willst. Dann bist zu ja ganz in der Nähe unserer Ausgrabungsstätte." Er zwinkerte ihr aufmunternd zu.

„Und wer übernimmt das Buddeln?" Zu Michis Überraschung, der sich im Geiste schon mit Spaten und Spitzhacke schuften sah, entgegnete Luca schnell entschlossen: „Ich grabe, und du beziehst den Wachposten an der Werkstatt. Der ist am weitesten entfernt. Falls der Schlapphutmann das Gelände über diesen Geheimweg betreten will, muss man schnell rennen können, um die anderen noch rechtzeitig zu warnen."

Die Geschwister wogen noch mögliche Zwischenfälle und Pannen ab, kamen dann aber zu dem Schluss, dass dieser Plan am sichersten zum Erfolg führen könnte. Die Nachrichten für die Region St. Tremière sagten eine Wetterverschlechterung mit Wolken und Regen zum Ende der Woche voraus, und so planten Luca, Lina und Michi die Aktion für den Samstagabend, einen Abend, der – so fanden sie – zum Essengehen wie geschaffen war.

Madame Villard reagierte begeistert auf die Einladung, die Greta Rothstein ihr in ihrer freundlichen und charmanten Art unterbreitete. Kurze Zeit später sagte sie für sich und ihren Mann zu.

Die Zeit bis zum Wochenende zog sich in die Länge wie Kaugummi. Je näher der Samstag rückte, desto stärker machte sich Nervosität unter den Geschwistern breit. Aus Angst, einen entscheidenden Punkt übersehen zu haben, sprachen sie ihr Vorhaben immer und immer wieder miteinander durch.

Schließlich war es so weit. Gegen 19.00 Uhr verließen Greta und Johannes Rothstein mit dem Ehepaar Villard im Auto der Rothsteins das Schlossgelände. Johannes Rothstein war auf die geniale Idee gekommen, den

Villards noch einen Konzertbesuch vorzuschlagen und im Anschluss daran dann essen zu gehen. So gewannen die Kinder etwas mehr Zeit und konnten in Ruhe bis zur Dunkelheit abwarten.

Kapitel 16

Ausgrabungen im Park

Durch die Fenster ihres Zimmers beobachteten Luca, Lina und Michi aufmerksam den Schlosspark, bis endlich die langersehnte Dämmerung hereinbrach. Nichts Auffälliges war zu sehen. Alles war still, nichts bewegte sich. Nur die Bäume rauschten und bogen sich etwas im Wind. War die Luft nun wirklich rein? Konnten sie es wagen? Auf Linas Drängen hin knieten sich die drei Kinder vor ihre Betten und baten Gott um seinen Schutz und um seine Führung in allem, was ihnen heute Nacht noch bevorstehen mochte.

Endlich, nach langem Warten voller Ungeduld, brach die Dunkelheit herein. Luca, Lina und Michi schlüpften mit Melanchthon, so leise es ging, durch den Hintereingang hinaus ins Freie. Die frische Luft kühlte ihre vor Aufregung glühenden Gesichter. Luca hielt Spaten und Spitzhacke fest umklammert, die er im Gerätekeller des Schlosses hatte auftreiben können. Die Spannung war zum Zerreißen, und mit klopfendem Herzen tasteten sie sich auf den Kieswegen vorwärts ins Ungewisse. Würde alles gut gehen? Würde ab heute das Geheimnis von Schloss Morillion mit ihrer Hilfe endlich kein Geheimnis mehr sein?

Der Himmel war wolkenverhangen und gab auch nicht den winzigsten Schein des Mondes aus seiner dichten Hülle frei. Da die Kinder sich sicher sein konnten, dass Monsieur Villard in irgendeinem Restaurant Hähnchen mit Bratkartoffeln aß und gezwungenermaßen den Vorträgen ihres Vaters über seine neuesten Funde aus der Reformationszeit lauschte, wagten sie es dieses Mal, die Kieswege zur Orientierung zu benutzen und das Knirschen der Steine unter ihren Füßen in Kauf zu nehmen.

Da! Schon hob sich die klobig wirkende, von Wein- und Efeuranken umschlungene Fassade des Verwalterhauses aus der Finsternis heraus ihnen entgegen. Bevor sich die Geschwister nun trennten und sich in verschiedenen Richtungen weiter vorarbeiteten, nahmen sie einander noch einmal wortlos in die Arme. Jeder von ihnen wusste genau, worauf es nun ankam, und jedem von ihnen war das Herz bis unter die Fußsohlen gerutscht.

Vor diesem Moment hatte Lina sich besonders gefürchtet: allein ohne ihre Brüder durch die Dunkelheit irren zu müssen – immer mit der Angst im Nacken, doch noch irgendjemandem in dieser schrecklichen Finsternis zu begegnen. Sie hatte die ganze Zeit versucht, sich ihre Furcht nicht anmerken zu lassen, denn sie wusste, dass Luca und Michi nicht auf sie verzichten konnten. Tapfer tastete sie sich durch das Gestrüpp vorwärts, bis sie an dem kleinen Trampelpfad hinter dem Haus angekommen war, der sie bis zum Rand der Böschung führte. Plötzlich überkamen sie Zweifel, ob sie bei der Dunkelheit überhaupt erkennen konnte, wenn jemand unten am Steg anlegte. Ihr war klar, dass sie sich mehr auf ihr Gehör würde verlassen müssen. Sie ging in die Knie, schlang ihre Arme um Melanchthon und drückte ihre Nase in sein wolliges Fell. Wie unendlich dankbar sie jetzt war, dass sie diesen treuen Gefährten bei sich hatte!

Währenddessen hatte sich Luca behutsam seinen Weg durch Brombeergestrüpp, Hasenlattich und diverse Froschlöffel mitten ins Krautbeet gebahnt. Hätte er sich doch die Anordnung der Pflanzen besser gemerkt! Er durchsuchte seine Hosentasche und griff nach einer kleinen Taschenlampe, die er sich zur Vorsicht eingesteckt hatte. Nach einigem Suchen erkannte er tatsächlich die grünlich-gelb blühende Pflanze wieder – die Wolfsmilch, die ihre Mutter ihnen gezeigt hatte! Sein Herz schlug höher. Nun konnten die Ausgrabungsarbeiten beginnen! Insgeheim hoffte er, den Boden nicht allzu lange durchwühlen zu müssen. Oder was wäre, wenn sich alle seine Vermutungen als Irrtum herausstellen und er überhaupt nichts finden würde? Nein, an so etwas durfte er jetzt auf keinen Fall denken!

Michi war etwas länger durch den Park geirrt, als endlich die Umrisse der Werkstatt vage vor seinen Augen auftauchten. Schwach erinnerte er sich an die Stelle, an der der Weg vom Haus abzweigte und Richtung Böschung führte. War es hier? Oder dort drüben? In diesem Moment ertönte über seinem Kopf ein lautes, heiseres Rufen. Michi fuhr zusammen und konnte nur mit Mühe einen Angstschrei unterdrücken. Sein Puls hämmerte wie wild. Er hielt die Luft an und horchte. Da! Da war es wieder! Jetzt erkannte Michi es. Es war das Käuzchen, das sie schon des Öfteren hatten durch die Nacht krächzen hören.

Michi atmete tief durch und ärgerte sich, dass er sich so mädchenhaft hatte erschrecken lassen. Vorsichtig bewegte er sich weiter den Weg entlang der Böschung entgegen. Die letzten Meter kroch er tastend über den Boden, um nicht über die Kante in die Tiefe zu stürzen. Jetzt hieß es warten, horchen und losrennen, falls sich eine Gestalt die Böschung heraufbewegen sollte.

Luca rann der Schweiß an den Schläfen herunter. So hart hatte er das letzte Mal gearbeitet, als er bei seinem Großvater den Kartoffelacker umgraben musste, weil dieser sich bei einem Treppensturz das Bein gebrochen hatte. Für einen kurzen Moment wünschte er sich, er hätte Michis Beobachtungsposten übernommen und seinem Bruder die Knochenarbeit überlassen. Zwar schätzte er, dass sich dank seiner Anstrengung jetzt bereits kein Wolfsmilchpflänzchen mehr dort befand, wo es einmal Wurzeln geschlagen hatte! Aber das Beet dachte noch gar nicht daran, irgendein Geheimnis preiszugeben. Es half also nichts, er musste die Erde noch weiter durchpflügen. Plötzlich wirbelte er herum. War da nicht ein knackendes Geräusch gewesen? Er hörte auf zu atmen und horchte hinaus in die Finsternis. Nichts, nur ein Käuzchen, dessen klagendes Rufen durch die Nacht hallte. Wenn sie nun doch nicht allein im Park waren? Wenn seine Eltern Monsieur Villard nun doch nicht so lange wie geplant hatten festhalten können und er vorzeitig zurückgekehrt war? Hatte er etwa eine Ahnung?

Luca schauderte. Aber nein, das konnte nicht sein! Er redete in Gedanken gegen die Angst an, die in ihm heraufkroch. Auf Papa und Mama war sicher Verlass, und sie würden es unter allen Umständen verhindern, dass ihre Kinder in Gefahr gerieten. Zögernd wandte Luca sich wieder seiner Arbeit zu. Er hatte kein zweites Geräusch mehr gehört, und vielleicht war es ja auch gar kein Geräusch gewesen, sondern nur seine Einbildung, die ihm einen Streich spielte.

Mit voller Wucht rammte er den Spaten in die Erde, als wollte er sich selbst beweisen, dass er sich bei Bedarf allem und jedem zur Wehr setzen könnte. Vor Erstaunen hielt er den Atem an. Er schien auf einen Widerstand gestoßen zu sein! Inständig hoffte er, dass es keine Felsbrocken waren, die er im Schweiße seines Angesichts mit der Spitzhacke würde durchtrennen müssen. Er nahm alle seine Kraft zusammen und ließ den Spaten erneut so tief wie möglich in die Erde sausen. Tatsache! Da war etwas in der Erde. Luca meinte, den dumpfen Klang von Metall erkannt zu haben. Sein Herz schlug schneller, und immer hastiger beförderte er nun kleine Erdhäufchen durch die Luft.

Doch genau in dem Augenblick, als er sich keuchend aufrichtete, um einen Moment zu verschnaufen, geschah es! Ein eiserner Griff packte ihn von hinten ins Genick. Ehe er begriffen hatte, was passierte, wurde ihm sein rechter Arm brutal und blitzschnell auf den Rücken gedreht. Luca schrie vor Entsetzen auf, doch der kalte Pistolenlauf, den er nun an seiner Schläfe spürte, erstickte jeden Hilferuf im Keim. „Halt den Mund, sonst geht's dir an den Kragen!“, zischte es ganz nah an seinem Ohr. Diese tiefe, raue Stimme mit französischem Akzent! Sofort wusste Luca Bescheid. Der Schlapphutmann! Warum hatten seine Geschwister nicht aufgepasst? Hatte er sie etwa überrascht? Und was hatte er mit ihnen gemacht? Lucas Gedanken schossen kreuz und quer durch sein Hirn. Panik ergriff ihn und jagte sein Blut durch die Adern. Ihm schwanden nahezu alle Sinne, und er wusste erst recht nicht, was er noch tun sollte. Er konnte nur noch ein kurzes Stoßgebet gen Himmel schicken, dann konnte er nichts mehr denken. In diesem Moment war aus der Dunkelheit ein vor Wut rasendes Bellen zu hören. Melanchthon! Gott sei Dank! Doch im selben Augenblick krachte ein Schuss durch die dunkle Nacht. Luca blieb fast das Herz stehen. Melanchthon jaulte laut auf. Hoffentlich war er nicht getroffen worden!

„Sag deinem Hund, er soll weggehen, sonst ist er gleich ein toter Hund!"

„Melanchthon!", schrie Luca panisch in die Dunkelheit. „Platz, Melanchthon! Platz! Und bleib!" Innerlich dankte Luca dafür, dass Melanchthon ein perfekt erzogener Hund war, der aufs Wort gehorchte. Melanchthon gab sein Angriffsziel sofort auf. Luca hörte sein leises Winseln.

„So ist es recht! Bewegt er sich noch einmal, ist er sofort tot! Dass das klar ist!", drang es drohend an sein Ohr. Luca lief ein erneuter Schauer über den Rücken. Hoffentlich waren seine Geschwister so schlau, sich fernzuhalten! Selbst zu dritt würden sie es nicht schaffen, diesen großen Kerl zu bezwingen! Und obendrein war er noch bewaffnet! In Lucas Herz schwand jedes Fünkchen Hoffnung. Es war aus mit ihm! Der Schlapphutmann hatte ihn in seiner Gewalt und würde ihn bestimmt entführen!

Lina hatte einen Schrei gehört, und schlagartig war ihr klar gewesen, dass Luca etwas Furchtbares zugestoßen war. „Melanchthon, lauf, such Luca und fass den Bösen, fass!", hatte sie flüsternd kommandiert, und Melanchthon war losgezischt wie ein Pfeil. Ein paar Sekunden später hatte sie das Krachen eines Schusses gehört, das die Nacht zerriss. Ihr Herz war fast stehen geblieben.

Luca! Melanchthon! Lina warf sich ins feuchte Gras auf ihre Knie und betete leise: „Oh Herr, du hast die

Kontrolle über alles, über alles, Herr, auch hierüber jetzt! Schütze Luca! Und schütze Melanchthon! Ich weiß, dass du es kannst! Bitte, Herr, bitte!“ Ihr Kopf berührte den Boden, und Tränen rannen über ihre Wangen.

Langsam, den rechten Arm schmerzhaft auf den Rücken gedreht und den Pistolenlauf an der Schläfe, wurde Luca vorwärts geschoben. Plötzlich – er wusste erst gar nicht, was geschah – strahlte ein gleißend helles Licht um sie herum, als hätte jemand einen Schalter angeknipst. Luca kniff die Augen zu. Er war geblendet. Als er die Augen wieder öffnete, erkannte er, dass sie in einem Scheinwerferkegel standen. Im gleichen Moment ertönte ein Brüllen, das Luca nicht verstand, weil es Französisch war. Der Schlapphutmann drehte sich abrupt um und zerrte Luca mit sich. Luca fühlte das Metall noch fester an seinem Kopf. Jetzt sah er, was los war: Vier Polizisten standen um sie herum und hatten ihre Waffen auf den Schlapphutmann gerichtet. Dieser brüllte nun etwas auf Französisch zurück. Es klang wütend. Luca befürchtete, dass er nicht vorhatte, seine Waffe fallen zu lassen. Schlagartig wurde ihm klar, dass er in diesem Moment zu einer Geisel geworden war! Er kam sich plötzlich vor, als stände er im Rampenlicht auf der Bühne eines Theaters. Nur dass es kein Theater war, was hier gespielt wurde, sondern blutiger Ernst. Was dann passierte, geschah so schnell, dass Luca es zunächst gar nicht begriff: Ein Schuss krachte. Der Schlapphutmann heulte auf und krampfte sich vor Schmerzen zusammen. Automatisch ließ er die Waffe fallen und gab Luca frei. In dem Augenblick stürzten zwei der Polizisten auf den Mann zu und warfen sich auf ihn. Im Handumdrehen klickte ein Paar Handschellen.

Kapitel 17

Das Geheimnis von Schloss Morillion

Als das Auto der Rothsteins im Dunkeln die herrschaftliche Schlossauffahrt hinaufgerollt kam, sprangen Luca, Lina und Michi auf. Sie hatten in Begleitung zweier Polizisten auf der Schlosstreppe gesessen und ungeduldig der Rückkehr ihrer Eltern entgegengefiebert. Aber sie liefen ihnen nicht entgegen, obwohl sie es liebend gern getan hätten. Gespannt warteten sie auf das, was sich nun ohne viele Worte vor ihren Augen abspielen würde. Der Wagen wurde von den anderen beiden Polizisten umstellt, und nach einem kurzen Wortwechsel auf Französisch stieg Monsieur Villard etwas zögerlich mit erhobenen Händen heraus. Der Rest war recht unspektakulär. Auch ihm wurden Handschellen angelegt, und er wurde zum Polizeifahrzeug geführt, wo er neben seinem Komplizen, der Monsieur Rugal hieß, wie die Kinder inzwischen erfahren hatten, auf dem Rücksitz Platz nehmen durfte. Monsieur

Rugal hatte gegenüber der Polizei ein vollständiges Geständnis abgelegt und Monsieur Villard als seinen Mittäter namentlich benannt. Offensichtlich reichte das auch in Frankreich für einen Haftbefehl.

Jetzt gab es für die drei Detektive kein Halten mehr. Sie rannten auf ihre Eltern zu und flogen ihnen in die Arme, gefolgt von einem unverletzten Hund, der aufgeregt bellend und schwanzwedelnd um die soeben entstandene Menschenpyramide herumsprang.

Bis spät in die Nacht hinein hockten Luca, Lina und Michi zusammen mit ihren Eltern in der urgemütlichen Schlossküche und überhäuften einander mit Berichten, Fragen und Antworten. Greta Rothstein hatte Madame Villard gebeten, den Kindern, die sie vor Hunger fast angefallen hätten, ein paar Butterbrote schmieren zu dürfen. Madame Villard wäre dazu nicht mehr in der Lage gewesen. Sie saß vor Entsetzen und Verwirrung wie erstarrt dabei, schüttelte immer wieder geistesabwesend den Kopf und begann ein paar Mal zu weinen. Greta Rothstein saß bei ihr und versuchte sie, so gut es ging, zu trösten. Unter Tränen versicherte Madame Villard, von allem, was sie nun von der Polizei erfahren hatte, nicht die leiseste Ahnung gehabt zu haben. Niemandem fiel es schwer, ihr Glauben zu schenken.

„Aber was genau hat der Komplize von Monsieur Villard – wie hieß er noch gleich?“

„Monsieur Rugal!“, warf Luca schnell ein.

„Ja, dieser Monsieur Rugal“, fuhr Johannes Rothstein fort, „wie genau lautete denn nun sein Geständnis?“

„Ganz so genau haben wir das gar nicht mitbekommen, weil sie sich die ganze Zeit auf Französisch unterhielten und Michi ja in der Schule nie aufpasst ... Au! Lass das!“ Michi hatte Lucas Fuß unter dem Tisch fast platt getreten.

„Na ja, die zwei Polizisten, die sich hinterher um uns gekümmert haben, haben uns von ihrer Entdeckung im Verwalterhaus und dem Geständnis von Monsieur Rugal erzählt. Kurz gesagt, ein offenbar sehr gewinnbringender illegaler Waffenhandel, den die beiden da betrieben haben – genial ausgeklügelt und anscheinend lange Zeit unentdeckt geblieben. Dank der geheimen Zuwege über die Böschung und den kleinen Fluss, der viele Kilometer weiter in den Rhein mündet. Die Polizisten sagten, sie hätten schon länger den Verdacht gehabt, dass hier auf dem Schlossgelände krumme Dinge vor sich gehen, doch sie hätten nie genug Anhaltspunkte oder gar Beweise gehabt, um genauere Ermittlungen durchführen zu können. Tja!", er grinste jetzt selbstzufrieden. „Das haben wir ja nun für sie erledigt!" Er stockte plötzlich und runzelte die Stirn. „Moment mal! Eins habe ich in der ganzen Aufregung vergessen, die Polizisten zu fragen: Wie kam es überhaupt, dass sie zufällig und genau im richtigen Moment zur Stelle waren?"

Greta Rothstein, die immer noch die Hand von Madame Villard hielt, die wie ein Häufchen Elend neben ihr hockte, lächelte vielsagend und drückte ihrem Mann einen Kuss auf die Wange. „Euer schlauer Vater wollte auf Nummer sicher gehen und unter keinen Umständen Gefahr laufen, dass euch etwas zustößt. Keine Angst, er hatte keinen Augenblick Zweifel daran, dass ihr eure Arbeit gut macht. Er hatte einfach nur Sorge, dass euch etwas passieren könnte.

Also hat er sich erlaubt, heimlich die Polizei zu verständigen. Das, was er aus euren Erzählungen bereits wusste, reichte der Polizei aus, um ein kleines Sonderkommando zur Unterstützung der Rothstein-Detektive loszuschicken – natürlich nur zur Vorsicht, als eure

Handlanger sozusagen." Sie zwinkerte ihren Kindern belustigt zu, die sich auf ihren Vater stürzten und ihn mit Boxhieben und Kitzelattacken traktierten, bis er um Gnade flehte.

„Aber halt, stopp, Schluss! Und wo ist jetzt euer Schatz, ich meine, was war das genau, was du da fast ausgebuddelt hättest, mein tapferer Luca?", erkundigte er sich und strich sich sein Jackett wieder glatt. „Keine Ahnung! Es war eine alte Metallkiste, ziemlich verrostet und mit einem dicken Eisenschloss versehen. Die Polizei hat sie beschlagnahmt und mitgenommen – mitsamt dem Schlüssel, den Michi unter Einsatz seines Lebens aus der Entengrütze gefischt hat! Wir dürfen morgen auf die Polizeiwache kommen und uns das Gold und die Diamanten abholen."

Am nächsten Vormittag konnten es die Geschwister kaum erwarten, bis sie endlich nach St. Tremière fahren und den Inhalt der Metallkiste in Augenschein nehmen durften. Als einer der Polizeibeamten mit einer feierlichen Geste den Deckel öffnete, stand Luca, Lina und Michi die Enttäuschung so deutlich ins Gesicht geschrieben, dass der Polizist lachen musste. „Tut mir leid, aber die Brillanten und Perlenketten habe ich vorher herausgenommen und meiner Frau geschenkt", scherzte er aufmunternd. Die drei Kinder lächelten ihn artig an, doch das, was sie nun vor sich liegen hatten, entsprach überhaupt nicht ihren Erwartungen: ein paar vergilbte, mit rotem Siegellack verschlossene Briefe aus grobem Papier – sonst nichts. Es gab jedoch eine Person im Raum, die sich beim Anblick dieses Papierhaufens kaum zurückhalten konnte und den Polizeibeamten schließlich mit feierlicher Stimme fragte, ob er als Geschichtswissenschaftler diese historischen

Dokumente, um die es sich hier ja ganz offensichtlich handelte, einmal öffnen und untersuchen dürfe. Nachdem der Polizist daraufhin ein kurzes Telefonat geführt hatte, nickte er Johannes Rothstein freundlich zu und machte eine auffordernde Geste. „Voilà, monsieur le professeur!“

So fassungslos wie am heutigen Tage hatten die Kinder ihren Vater noch nie erlebt. Lina meinte sogar zu beobachten, wie er sich verstohlen eine Träne aus dem Auge wischte. Die schäbige Eisenkiste entpuppte sich tatsächlich als Aufbewahrungsort historischer Dokumente aus der Zeit der Reformation, verschlossen mit alten, ehrwürdig aussehenden Siegeln, unter denen mit roter Tinte wie mit Blut in schrecklich verschnörkelter Schrift geschrieben stand: *SOLA FIDE!* Allein aus Glauben! Luca schaute seinem Vater etwas verwirrt zu, der die Briefe vorsichtig öffnete und deren Inhalt aufgeregt überflog. Wer sucht, der wird finden? *Sola fide?* Allein aus Glauben? Merkwürdig! Wer hatte diese Dokumente vergraben, und wieso? Warum lagen sie nicht längst in der berühmten Bibliothek in St. Tremière? In Lucas Kopf überschlugen sich die Gedanken.

Sprachlos und mit einem begeisterten Leuchten in den Augen ließ Johannes Rothstein einen Bogen Papier in seinen Händen sinken und blickte feierlich in die Runde: „Diese Stunde, meine Lieben, gehört zu den herausragendsten Momenten seit dem Tag, an dem ich begonnen habe, die Epoche der Reformation zu erforschen. Seitdem gab es nur ein Ereignis, das noch großartiger war als das heutige, und das war …“ Er musste eine Pause machen und schluckte. „Das war, als ich gestern meine Kinder, die so tapfer und mutig einen Verbrecher gestellt und an die Polizei übergeben hatten, wieder gesund in meine Arme schließen konnte.“ Luca dachte daran, dass es eher umgekehrt war und Monsieur Rugal eigentlich ihn, Luca, der Polizei übergeben hatte, aber die Worte seines Vaters erfüllten ihn trotzdem mit Stolz. Deshalb schwieg er lieber.

Johannes Rothstein hatte sich wieder gefasst. „Nachdem ich diese Dokumente nun in Augenschein genommen habe, kann ich mit an Sicherheit grenzender Wahrscheinlichkeit sagen, dass es sich hierbei um einen bisher unentdeckten Teil des Briefwechsels handelt, den Martin Luther mit seinem väterlichen Freund Johann von Staupitz geführt hat." Er deutete auf das Papier „Die Dokumente sind mit dem Schriftzug *Dr. Martinus Luther* unterzeichnet, wie er mir auch von anderen Dokumenten bekannt ist. Außerdem trägt er das typische Siegel, das Luther für seine Briefwechsel verwendete. Und *sola fide.* Nun, ich habe euch ja neulich erst erklärt, dass Luther durch genaues Bibelstudium erkannt hatte, dass unsere Rettung allein durch Glauben an Jesus Christus möglich ist und es dabei nicht auf unsere guten Werke ankommt. Diese Erkenntnis – allein aus Glauben – machte Luther dann sozusagen zu seinem Schlachtruf!"

Luca fiel es wie Schuppen von den Augen. Bis jetzt hatte er immer daran herumgerätselt, was die vier lateinischen Sprüche von Martin Luther am Rand der alten Bibel im Turmzimmer zu bedeuten hatten. Nun wurde es ihm klar: Sie waren lediglich der Hinweis darauf gewesen, was es zu suchen und zu finden gab: handschriftliche Dokumente aus der Feder Martin Luthers!

Johannes Rothstein blickte ernst in die Runde. „Kinder, jetzt hört mir bitte mal gut zu: Diese Dokumente schließen eine große Lücke in meinen Forschungsarbeiten über die Reformation. Das, meine lieben Kinder, habe ich eurem Mut und eurem Spürsinn zu verdanken!

Ich bin stolz auf euch! Und ich werde unserem Vater im Himmel immer dankbar dafür sein, dass er unsere Gebete erhört und euch bewahrt hat!“ An dieser Stelle versagte seine Stimme. Anstatt noch mehr Feierliches zu sagen, drückte er seine drei Kinder ganz fest – und sehr stolz – an sein Herz.

Kapitel 18

Ein Brief bringt Licht ins Dunkel

Zwei schöne, unbeschwerte Wochen verbrachten die Rothsteins noch auf Schloss Morillion. Die Gesellschaft der Kinder und ihrer Eltern tat Madame Villard offenbar gut und half ihr, den ersten großen Schock über die kriminellen Machenschaften ihres Mannes und seine Verhaftung einigermaßen zu verkraften. Obwohl die Kinder das Rätsel des großen Unbekannten nun geknackt hatten, waren noch einige Fragen offengeblieben. Besonders Lucas' grauen Zellen ließen diese Fragen keine Ruhe. Wer war dieser große Unbekannte? Und wozu so ein kompliziertes und gefährliches Versteckspiel?

Eines Tages betrat Madame Villard den Speisesaal, als die gesamte Familie Rothstein zu Mittag aß. In der Hand hielt sie einen Briefumschlag aus edlem Leinenpapier, der mit einer ausländischen Briefmarke versehen und außerdem versiegelt war. Die Vorderseite zierte eine äußerst vornehme Handschrift. Mit einer feierlichen Geste reichte sie Johannes Rothstein den Umschlag. Dieser öffnete ihn vorsichtig, entfaltete einen umfangreich beschriebenen Briefbogen und begann laut zu lesen:

Sehr verehrte Madame Rothstein, sehr geehrter Monsieur le Professeur, meine lieben Kinder,

meine Schwester, Madame Catherine Villard, hat mich über die Vorkommnisse der letzten Wochen auf Schloss Morillion unterrichtet.

Sie selbst können vermutlich nicht ermessen, zu wie viel Dank ich Ihnen verpflichtet bin! Meine Hochachtung gilt vor allem dem Geschick der drei Spürnasen, die dem Geheimnis von Schloss Morillion auf die Spur gekommen sind. Als ich dieses Rätsel stellte, hatte ich nicht im Traum vermutet, dass es ausgerechnet Kinder lösen würden. Aber nun ja, Ihr seid offensichtlich von der schlauen Sorte!

Bei allem Dank bin ich Ihnen jedoch vor allem eine Erklärung schuldig, da ich Sie durch meine Abenteuerjagd auch unweigerlich in Gefahr gebracht habe. Dieser Verpflichtung möchte ich nun hiermit nachkommen:

Meine Schwester lebte mit ihrem Mann Hugo seit dem Tod unserer Eltern auf dem Gelände des Schlosses Morillion, das ich als ältester Sohn erbte. Ich stellte Hugo Villard als Verwalter ein. Er war zwar ein mürrischer Kerl, verstand jedoch viel von Finanzen und hatte handwerkliches Geschick. Auf diese Weise konnte auch meine Schwester Catherine in meiner Nähe bleiben. Mit ihr habe ich mich schon immer sehr gut verstanden.

Mit der Zeit ahnte ich, dass Hugo sich nebenher noch anderweitig betätigte und einen guten Nebenverdienst zu haben schien. Ich zeigte mein Interesse, mich daran zu beteiligen, da die Unterhaltung des Schlosses viel Geld verschlang und ich für mein Hobby – geschichtliche Forschung und Expeditionen – noch eine zusätzliche Einnahmequelle gebrauchen konnte. So geriet ich ohne Absicht in die illegalen Waffengeschäfte meines Schwagers und seines Komplizen Victor Rugal, den Hugo zur Tarnung als Gärtner eingestellt hatte. Wie ich feststellte, war meine Schwester ahnungslos, und ich behielt das ungute Geheimnis für mich, um sie nicht zu belasten. Mit Mühe konnte ich mich aus den Waffenschmuggelgeschäften wieder herausziehen. Jedoch war ich für Hugo als Mitwisser nun erpressbar, und seither war Hugo misstrauisch und suchte offensichtlich nach Gelegenheiten, mir zu schaden.

In der nachfolgenden Zeit stieß ich bei einer meiner Forschungsreisen auf einige wertvolle historische Dokumente – eben diese, die Sie in Ihren Händen gehalten haben. Ich grub sie in einem Privathaus in Eisenach aus, und keiner der Bewohner legte Wert darauf, diese „alten Fetzen" zu behalten. Bei näherer Betrachtung stellte ich fest, dass es sich um Dokumente aus der Zeit der Reformation handeln musste. Leider erfuhr Hugo Villard durch meine Schwester von meinem wertvollen Fund und verlangte von mir die Herausgabe der Dokumente, um sie für viel Geld an die Stadt Eisenach zu verkaufen. Er erpresste mich und drohte mir an, mir etwas anzutun, falls ich ihm die Dokumente nicht aushändigen oder meinen Fund selbst der Öffentlichkeit zugänglich machen würde. Offensichtlich hasste er mich und gönnte mir meinen Erfolg nicht.

In einer sternlosen Nacht vergrub ich dann die Papiere in einer verschlossenen Eisenkiste, in der sie gegen Verrottung geschützt waren. Zur Polizei wollte ich nicht gehen aus Angst, meine anfänglichen Verwicklungen in die Waffengeschäfte könnten ans Licht kommen. Dann floh ich nach Brasilien auf den ehemaligen Landsitz meines Vaters, den er uns Kindern ebenfalls vererbt hatte. Vorher gab ich meiner Schwester noch den dringenden Hinweis, es solle auf keinen Fall irgendein Fremder das Turmzimmer des Schlosses betreten. Sie selbst wollte ich in die Sache nicht einweihen aus Angst, mein Schwager könne doch etwas davon erfahren. Ich wollte, dass jemand Unbeteiligtes die Dokumente finden und sie hoffentlich so bald wie möglich in die Hände der Wartburg in Eisenach spielen würde, an den Ort zurück, an dem Martin Luther die Bibel in die deutsche Sprache übersetzt hatte. Ich musste diese unbekannte Person nur irgendwie auf die richtige Spur bringen und wollte sie, indem ich sie neugierig gemacht hatte, ins Turmzimmer locken. Ausgehend vom Turmzimmer hatte ich ein Rätsel entwickelt, mithilfe dessen nur ein intelligenter Mensch mit Fantasie und Spürsinn das Versteck ausfindig machen konnte. Denn zu dieser Gruppe von Menschen gehörte mein Schwager ganz sicher nicht. Allein das war mir wichtig.

Nun, Ihr drei ausgezeichneten jungen Spürnasen, dem Rest seid Ihr ja dann tadellos auf die Spur gekommen! Ich bin Euch so dankbar! Durch Eure Mithilfe sind nicht nur die historischen Dokumente der Nachwelt erhalten geblieben. Durch die Verhaftung meines Schwagers kann ich nun endlich in meine Heimat zurückkehren. Ich habe mir inzwischen den Rat mehrerer Rechtsanwälte eingeholt und mich mehrfach vergewissert, dass ich mich durch meine kurzzeitige Verstrickung in die Waffengeschäfte meines Schwagers nicht *strafbar gemacht habe. Denn immerhin habe ich mich rechtzeitig davon getrennt, sobald ich bemerkte, was für ein böses Spiel mein Schwager trieb.*

Es wäre mir eine besondere Ehre, Sie, sehr geehrter Monsieur le Professeur, und Ihre Familie persönlich kennenzulernen und Sie bald in meinem Schloss persönlich willkommen heißen zu dürfen.

Hochachtungsvoll,
Ihr ergebener
Henry de Belmont

Anhang

Martin Luther und die Reformation in Deutschland

10. November 1483 – Martin Luther wurde in Eisleben in Sachsen als eines von neun Kindern geboren. Sein Vater war im Kupferbergbau tätig und machte sich selbstständig. Bald nach Martins Geburt zog die Familie nach Mansfeld um. Martin besucht dort die Stadtschule sowie später auch Schulen in Magdeburg und Eisenach.

1501 – Luther begann, an der Universität in Erfurt Philosophie und Jura zu studieren.

1505 – In diesem Jahr kam es zu einer Wende in Martin Luthers Leben. Auf dem Rückweg von einem Besuch bei seinen Eltern überraschte ihn ein Unwetter. Direkt neben ihm schlug ein Blitz ein und hätte ihn beinahe getötet. In seiner Angst versprach er, Mönch zu werden, und trat wenige Zeit später in ein Augustinerkloster ein. Dort bekam er zum ersten Mal eine Bibel in die Hand und wurde zum eifrigen Bibelleser.

1507 – Martin Luther wurde zum Priester geweiht. In diesem Jahr begann er auch, in Erfurt – später dann in Wittenberg – Theologie zu studieren. In der Zeit, die er im Kloster verbrachte, wurde Luther von Zweifeln und von seiner eigenen Schuld schwer geplagt. Er versuchte, Gott durch Buße, Gebet und einen frommen Lebensstil zu gefallen. Aber so sehr er sich auch bemühte, er hatte doch nie die Gewissheit, dass Gott ihn wirklich angenommen hatte. Je mehr er sich anstrengte, desto schlimmer wurden seine Zweifel. In diesen Zeiten stand ihm sein Beichtvater Johann von Staupitz zur Seite, der ihm zum väterlichen Freund wurde und ihn aus so manchem Glaubenskampf befreite, indem er ihn auf die Erlösung durch Jesus Christus hinwies. Als Luther dann eines Tages in seiner Bibel auf den Römerbrief stieß und dort in Kapitel 1, Vers 17 las: „Der Gerechte aber wird aus Glauben leben", befreite ihn diese Erkenntnis. Er begriff, dass die Erlösung nichts war, was er sich verdienen konnte, sondern ein Geschenk der Gnade Gottes, das man annehmen musste. Luther nahm dieses Geschenk an.

1510 – Luther wurde nach Rom geschickt und erschrak dort über das, was er sah: den Verfall der Kirche und den schwunghaften Ablasshandel. Die Kirche verkaufte den Menschen, die mit Gott versöhnt werden wollten, teure Ablasspapiere, in denen stand, dass ihre Sünden vergeben seien. So verdiente sie eine Menge Geld. Luther war über diesen Betrug empört, protestierte bei Vertretern der Kirche dagegen, diskutierte mit ihnen und schrieb Bücher darüber – vergeblich.

1517 – Martin Luther veröffentlichte seine berühmten fünfundneunzig Thesen – eine Schrift, die die Lehren der Kirche kritisierte. Diese fünfundneunzig Thesen wurden dann gedruckt und schnell verbreitet, womit Luther gar nicht einverstanden war. In den folgenden Jahren spitzte sich der Streit zwischen Luther und dem Papst immer weiter zu, und Luther trieb die Reformation in der Bevölkerung weiter voran.

1520 – Der Papst schickte Luther einen Brief (Bannandrohungsbulle), in dem Luther als Irrlehrer angeklagt und aufgefordert wurde, seine Meinung innerhalb von sechzig Tagen zu widerrufen. Anderenfalls drohten ihm die Gefangennahme und die Todesstrafe.

1521 – Luther fuhr auf den Reichstag zu Worms, wo er öffentlich erklärte, dass er keine seiner Reformationslehren zurücknehmen würde, es sei denn, es würde ihm jemand beweisen, dass sie der Bibel widersprachen. Der Kaiser bestätigte daraufhin die Verurteilung Luthers.

Auf dem Rückweg wurde Luthers Wagen von Reitern überfallen, und Luther wurde entführt. In Rom glaubte man zunächst, Luther sei umgebracht worden. In Wirklichkeit hatte Friedrich der Weise, der Landesherr von Sachsen, ihn durch den gestellten Überfall in Sicherheit bringen lassen – nach Eisenach auf die Wartburg.

1521–1522 – Martin Luther lebte verkleidet als Junker Jörg auf der Wartburg und übersetzte in nur elf Wochen dort das Neue Testament vom Griechischen in die deutsche Sprache. So konnte nun auch der einfache deutsche Bürger das Neue Testament in seiner eigenen Sprache lesen und selbst die Lehren der Reformation überprüfen.

März 1522 – In Wittenberg ging vieles drunter und drüber, weil einige Theologen Luthers Lehren dazu benutzten, das Volk gegen die Regierung aufzuhetzen, und auch Gewalt anzettelten. Luther verließ die sichere Wartburg, um das Volk durch öffentliche Reden wieder zur Ruhe zu bringen.

27.6.1525 – Martin Luther heiratete Katharina von Bora. Das Ehepaar bekam insgesamt sechs Kinder.

1525 – Die berüchtigten Bauernaufstände brachen los: In ganz Europa zogen Bauern gegen die reichen Bürger des Landes in den Krieg. „Wir sind frei – so heißt es in der Bibel“ war ihre Parole. Gewaltsam gingen sie gegen die Adeligen vor, überwältigten sie und nahmen Burgen und Schlösser ein. Sie forderten Luthers Unterstützung, aber Luther stellte sich öffentlich gegen sie und forderte sogar den Adel auf, die Revolte niederzuschlagen. Gewaltsamer Aufruhr war niemals seine Absicht gewesen.

Da sich mehrere Landesherren hinter Luther und die Lehren der Reformation gestellt hatten, kam es zur Kirchenspaltung in Deutschland. Luther hatte nicht vorgehabt, mit der katholischen Kirche zu brechen. Er wollte diese lediglich auf die Punkte aufmerksam machen, in der ihre Lehren den Aussagen der Bibel widersprachen, und verlangte, dass die Kirche ihre Lehren korrigierte. Dass aus dieser Diskussion in Deutschland eine neue Kirche – die evangelische Kirche – entstand, hatte er zunächst gar nicht beabsichtigt.

18. Februar 1546 – Martin Luther starb in Eisleben.

Alle Abenteuer der Rothstein-Kids als Hörspiele und Bücher:

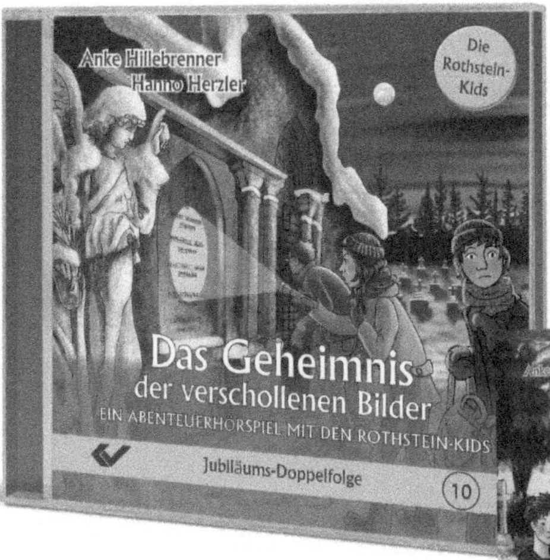

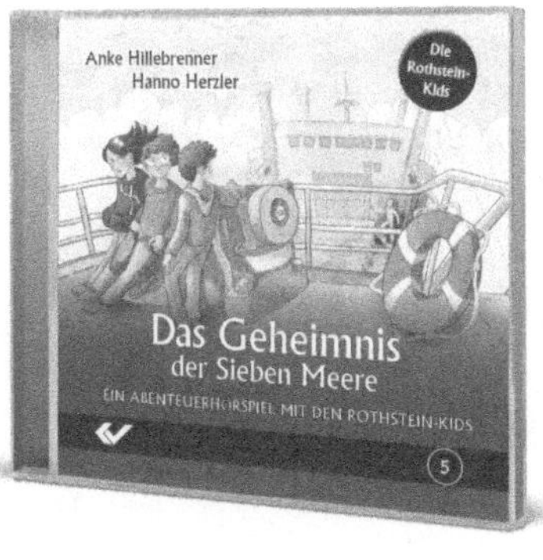

Anke Hillebrenner
Hanno Herzler
Die Rothstein-Kids
Das Geheimnis der verschollenen Bilder
EIN ABENTEUERHÖRSPIEL MIT DEN ROTHSTEIN-KIDS
Jubiläums-Doppelfolge
10

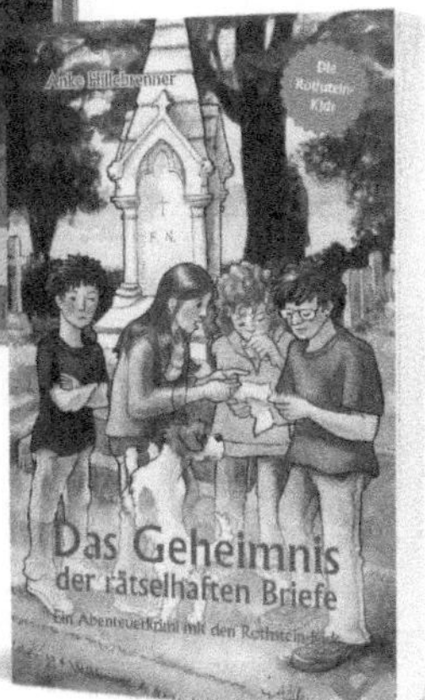

Anke Hillebrenner
Die Rothstein-Kids
Das Geheimnis der rätselhaften Briefe
Ein Abenteuerkrimi mit den Rothstein-Kids

Anke Hillebrenner
Hanno Herzler
Die Rothstein-Kids
Das Geheimnis der Sieben Meere
EIN ABENTEUERHÖRSPIEL MIT DEN ROTHSTEIN-KIDS
5

Hörspiele und Bücher

①

Das Geheimnis von Schloss Morillion
CD: Best.-Nr. 271185
Buch: Best.-Nr. 273943
Mit Informationen zu Martin Luther

②

Das Geheimnis der rätselhaften Briefe
CD: Best.-Nr. 271186
Buch: Best.-Nr. 273997
Mit Informationen zu Florence Nightingale

③

Das Geheimnis des schwarzen Falken
CD: Best.-Nr. 271187
Buch: Best.-Nr. 271132
Mit Informationen zu August Hermann Francke

④

Das Geheimnis der Totenmaske
CD: Best.-Nr. 271461
Buch: Best.-Nr. 271489
Mit Informationen zu Martin Luther

Hörspiele

⑤

Das Geheimnis der Sieben Meere
Best.-Nr. 271462
Mit Informationen zu Hudson Taylor

⑥

Das Geheimnis des verschwundenen Manuskripts
Best.-Nr. 271542
Mit Informationen zu Georg Müller

⑦

Das Geheimnis des Siegelrings
CD: Best.-Nr. 271543
Mit Informationen zu Philipp Melanchthon

⑧

Das Geheimnis der verhängnisvollen Erbschaft
Best.-Nr. 271625
Mit Informationen zu Marie Durand

⑨

Das Geheimnis der Lady Blunt
Best.-Nr. 271594
Mit Informationen zu Johann Sebastian Bach

⑩

Jubiläums-Doppelfolge mit Outtakes
Das Geheimnis der verschollenen Bilder
Best.-Nr. 271672
Mit Informationen zu Constantin von Tischendorf

PETRA SCHWARZKOPF

DETEKTEI ANTON

① **Detektei Anton: Ausgerechnet Bananen**
Gb., 208 S., 13,5 x 20,5 cm
Best.-Nr. 271720

② **Detektei Anton: Die Dame aus Burundi**
Gb., 192 S., 13,5 x 20,5 cm
Best.-Nr. 271764

③ **Detektei Anton – Bombenstimmung**
Gb., 208 S., 13,5 x 20,5 cm
Best.-Nr. 271766

Seltsame Dinge gehen im verschlafenen Eifeldorf Brehl vor sich. Die jungen Detektive, ihr Hund Caruso und der speziell begabte Onkel Anton ermitteln … Dabei wird die dreizehnjährige Rahel immer wieder herausgefordert, über den Glauben nachzudenken. Spannend und humorvoll! Ab 11 J.

① **Testament7: Das Buch der Wahrheit**
Gb., 192 S., 13,5 x 20,5 cm
Best.-Nr. 271582

② **Testament7: Das Geheimnis von Villstein**
Gb., 192 S., 13,5 x 20,5 cm
Best.-Nr. 271583

③ **Testament7: Das Pergament des dritten Zeugen**
Gb., 208 S., 13,5 x 20,5 cm
Best.-Nr. 271584

④ **Testament7: Der Schatz der Tempelritter**
Gb., 224 S., 13,5 x 20,5 cm
Best.-Nr. 271585

Eine uralte Legende, sieben mysteriöse Testamente, rätselhafte Spuren quer durch Europa … Warum will jemand unbedingt verhindern, dass Paul und seine Freunde dem Orden der Archivare nachspüren? Sollen sie die Hinweise auf die Wahrheit der Bibel nicht finden? Ab 12 J.